長編推理小説

摩《ま》天《てん》崖《がい》

警視庁北多摩署特別出動

太田蘭三

祥伝社文庫

目次

事件突発

一

電話が鳴った。

蟹沢《かにさわ》係長が、受話器を取る。

警視庁北多摩《きたたま》警察署、刑事課の係官室、つまり刑事部屋である。

十月二十四日の午後六時十分だった。

このとき、この刑事部屋にいたのは、強行犯係（殺人、強盗、強姦、放火、誘拐《ゆうかい》担当）の蟹沢係長と相馬《そうま》刑事、盗犯係の田畑《たばた》係長と川口《かわぐち》刑事の四人だけであった。

普通の日勤は、午前八時三十分から午後五時十五分までである。

この四人は、宿直だった。

「殺人事件が発生しました」

通信指令室の係官が告げる。

「なにっ、殺人《コロシ》？」

蟹沢の目が、ギョロッと光った。

相馬が、蟹沢に首をまわす。

田畑と川口も、蟹沢に目を向けた。

「……うん、……うん、うむ、……うん、よし、わかった。おれとウマさんが急行する。非常呼集をたのむ」

蟹沢は、受話器を置き、席を立った。机の引き出しから白い手袋を取り出して、

「殺人だ。現場は、立川《たちかわ》市錦町《にしきちよう》一丁目のバー〈ルミ〉の店内。被害者は、ママの高瀬《たかせ》ルミ子、五十歳。第一発見者は、バーテンの西井重夫《にしいしげお》、三十六歳。この西井が、一一〇番で通報してきている」

「それじゃ、出かけますか」

相馬が、のっそりと腰をあげる。

「何かあったら、連絡をたのむ」

蟹沢は、田畑に声をかけると、小走りに、この刑事部屋を出た。

相馬が、大股につづく。

廊下をすすみ、受付カウンターのわきを通って、玄関を飛び出す。駐車場へ走ると、捜査専用車に乗りこんだ。

相馬は運転席に、蟹沢が助手席にすわった。

ヘッドライトが行手《ゆくて》を射《さ》す。赤色灯を光らせ、サイレンを鳴らして走り出した。

「殺人は、しばらくぶりですね」

アクセルを踏み込みながら、落ちついた声音《こわね》で相馬が言った。

「ちょくちょく、あったんじゃ、たまらんよ」

蟹沢は、行手に目をそそいで、苦笑をもらした。

「暇なほうが、いいですよね」

「そうそう。刑事《デカ》は暇なほうがいい。平穏無事でね」

「ゆっくり、メシも食えますしね」

「ウマさんは、いつも、ゆっくりと人の二倍は食ってるじゃないか」

「まあ、そうですけど」

サイレンは、けたたましくて、あわただしいが、相馬の言葉つきは、どことなく、のんびりしている。

相馬は、三十二歳で独身だった。身長一八〇センチ、体重八〇キロ。肩幅が広くて、胸板も厚い。骨太で筋肉質だ。

ニックネームは「ウマさん」。そのニックネームどおり顔が長くて、顎《あご》が、いくらか前にしゃくれている。スポーツマンふうに頭髪を短く刈《か》りこみ、眉《まゆ》は濃くて、頬《ほお》も、きりっと締まっている。日焼けしていて、血色もいい。それなのに、精悍《せいかん》な容貌には見えない。本物の馬のような、やさしい目をしているせいだろう。

おまけに、平生の動作が、どことなく緩慢《かんまん》なのである。のんびりとしていて、ウマさんなのに、その動作は牛をおもわせるのだ。しかし、いざとなれば、柔道三段、剣道二段で、泥棒を追い抜いて走ったと評判になるほど足も速く、体も、しなやかで、バネがあって、とても俊敏《しゅんびん》な動きを見せるのである。そして、よく飲み、よく食うから、「牛飲馬食《ぎゅういんばしょく》」は知れわたっている。

いっぽう、蟹沢は五十歳。所帯持ちだ。ニックネームは「カニさん」。その容貌も平家《へいけ》蟹をおもわせる。白髪《しらが》の目立ちはじめた頭髪を角刈りふうに短く刈りこんでいる。眉が濃くて、目がギョロッとして大きい。鼻は低くて、小鼻が開いている。唇は、いくらか薄めだが、口は大きかった。顎が張っていて、太い首をしている。小柄だが、肩幅があって、がっしりとした体軀《たいく》だった。

「早めに夕飯を食っとけば、よかった」

行手に目をそそいだまま、相馬が、独《ひと》り言のように言う。

蟹沢は、ちらっと相馬を見やって、苦笑をもらした。

バス通りを立川駅の方向に走り、右折して、錦町一丁目に入る。

バー〈ルミ〉は、小さな三階建てのビルの地下一階にあった。一階のレストランのわきから階段が降りている。

そのビルの前の歩道際《ぎわ》に、パトカー二台が停《と》まっていた。通りは、街灯や商店の灯で明るい。もう野次馬が、あつまりはじめている。

パトカーの後ろに車を停める。蟹沢と相馬は、車を出た。

階段の降り口に、制服の巡査が二人立っていた。

蟹沢が先に立ち、挙手を受けて、階段を降りる。突きあたりに木製のドアがあった。〈ルミ〉という赤い文字が浮き彫りになっている。

そのドアの前に、制服の巡査二人と、男が一人立っていた。

男は、中背で、ほっそりとしている。細面《ほそおもて》で、鼻が高かった。艶《つや》やかな黒い髪をリーゼントに撫《な》でつけている。白いワイシャツにグレーのブルゾンを重ねていた。年は三十半《なか》ばに見える。

「西井重夫さんですね？」

蟹沢は、おだやかに声をかけた。

「はい」

バーテンの西井が返事をする。

「あなたが、一一〇番したんですね？」

「ええ、そうです」

西井は、表情に翳《かげ》りを見せている。

「あとで事情を訊《き》きます。ここで立って待つより、パトカーの中のほうが楽でしょう」

蟹沢は、西井から巡査に目を移した。

巡査の一人が、小さく縦《たて》に首を振る。その巡査と西井が、階段を上がっていった。

「カギは、かかっておりません」

いま一人の巡査が告げた。

蟹沢が、白い手袋を、ぴったりとはめる。相馬も、手袋をした。

蟹沢が、ドアのノブをまわして押す。つづいて、相馬も店内に入った。

明かりが点《つ》いている。

入口は、チークダンスなら、三ペアくらいが踊れる広さのフロアーになっていて、十人ほどすわれるカウンターが、奥へ伸びていた。その奥にボックス席があった。

そのボックス席のソファーの上で、女が、あおむけになっている。ベージュ地に黒の花柄のワンピースと黒のスリップが、腹まで捲《まく》れあがっていた。右足の踵《かかと》を床に落とし、左足の膝をソファーの背もたれに当てて、股を開き、股間を露出させている。黒い茂みのあいだに赤みの濃い縦の柔襞《やわひだ》を覗《のぞ》かせていた。下腹の贅肉《ぜいにく》が、わかる。皮膚は白くて、わずかに緑色をおびていた。右手も床に垂《た》らしていた。左手は脇腹に載《の》せている。茶色をおびた頭髪が、ソファーの上に乱れていた。肌色のパンストが首に巻きつけられていて、首の正面に結び目があった。首の左右にも、指や爪の痕《あと》が見える。化粧は残っているが、それでも、顔面は淡赤色を呈《てい》していた。浮腫《ふしゅ》状にもなっている。つまり、むくんでいた。白濁《はくだく》した目を開けているし、口も開けていて、歯のあいだから舌の先を覗かせている。黒のガードルやパンティー、サンダルなどが床に散らばっていた。

「小柄で色白、ぽっちゃりとした女だったんだね。五十という年より、だいぶ若く見えたんじゃないかね」

死体に舐《な》めるような視線を這《は》わせながら、蟹沢が言う。

相馬は、だまって、長い顔を縦に振っている。

「手で首を絞《し》めて、一発やったあと、パンストで首を絞めなおしたんだな」

「息を吹き返さないようにしたんですね」

「ま、そういうことだ。顔見知りか、顔を見られて、ヤバイとおもったんだ」

蟹沢は、そう言って、顔をあげた。店内を見まわして、ギョロ目を光らせる。

相馬も、店内に目をくばった。

閉店をおもわせて、片付いていた。

カウンターの端には、ピンク電話と花瓶があった。花瓶には、カサブランカが、いくつも白く大きな花を咲かせている。中ほどに、クリスタルの灰皿が一つ置かれていた。タバコの吸い殻が二本入っている。二本とも、フィルターの吸い口に口紅が付着していた。

カウンターの内がわに、手提《てさ》げ金庫があった。その蓋《ふた》が開いたままになっている。

「うーん。強盗強姦殺人か」

蟹沢の口から唸《うな》り声がもれる。

「気の毒に、ひどいことをしますよね」

相馬の口から、刑事らしくない言葉が出る。

蟹沢は、ボックス席に目をもどした。

テーブルには、何も載っていない。

「飲んでたんじゃないね」

「そうらしいですね」

相馬も、ボックス席に首をまわした。

蟹沢が、ソファーに歩み寄り、腰をかがめて、床に垂らしている右手を取る。

それから二十五分ほど経《た》ったころ、北多摩署刑事課の佐藤《さとう》課長や久我《くが》課長代理が駆けつけてきた。

佐藤は、蟹沢と同年配で、小柄だった。頭髪を、いつも、七、三に分けて、きちんとネクタイを締めているから、普通のサラリーマンに見える。だが、今夜は、白いワイシャツにノーネクタイで、地味なグレーのスーツだった。久我は、四十歳をすぎたばかりだ。中背で痩《や》せていた。額《ひたい》が広くて、銀ブチのメガネを光らせている。

強行犯係の小松《こまつ》部長刑事や森《もり》、鴨田《かもた》、土屋《つちや》、中丸《なかまる》、堅田《かただ》刑事らも姿を見せた。鑑識係員らも到着する。

「強姦殺人だな」

久我が、死体に目をそそいで、断定的な言葉を吐く。

「うむ」

佐藤は、死体を見つめて、小さく声をもらした。

「手提げ金庫の蓋が開いてますよ」

と、森が言った。

「すると、強盗もやったのか」

佐藤は、そう言い、蟹沢に目を向けて、

「死後、どれくらい経ってるのかね？」

「皮膚の色や関節の硬直から見て、十七、八時間は経っているとおもいます」

蟹沢は、佐藤と目を合わせた。

「絞殺だね」

久我が、また断定的に言う。

「首の両側に指や爪の痕があるから、扼殺《やくさつ》じゃないですか。両手で首を絞めたんですよ」

と、鴨田が口を出した。

久我が、しぶい顔になって、鴨田を睨《にら》む。

鴨田は、この強行犯係で、いちばん若くて、二十八歳。独身だ。相馬とちがって、長髪だし、のっぺりとした顔をしている。体つきも、すらっとしていて、一見ひ弱な感じがするが、剣道二段で、竹刀《しない》を取れば、相馬と互角の腕前だった。ニックネームは「カモさん」で、ときたま有力な情報を仕入れてきては、「カモさんが、ネギを背負ってきた」と言われているのである。

「実況見分と採証にかかってくれ。指紋や掌紋《しょう》、髪の毛一本、血痕一滴たりとも見逃さないように」

蟹沢が、ちょっと声を大きくして指示をする。

刑事や鑑識係員らによって、実況の見分や採証活動が開始された。

写真撮影もはじまる。鑑識係員が、カメラをかまえて、何度も、フラッシュの閃光《せんこう》をはしらせる。拡大鏡による観察もはじまった。

事件には、実況見分調書が必要になる。この調書は、現場の状況を、文章や図面、写真などで、くわしく描写することによって、いつでも、どこでも、だれに対しても、現場を再現させることの出来る捜査資料である。

さらに三十分ほど経ったころ、本部（警視庁）捜査一課、第六係の三田村《みたむら》管理官と黒田《くろだ》係長以下十名の刑事も急行してきた。本部捜査一課には、殺人事件専従係が十係あって、こうして所轄署に殺人事件が発生すると、応援に駆けつける。

捜査一課長の中藤《なかふじ》も臨場《りんじよう》する。

黒田は、本部の係長だから警部である。

蟹沢は、本部の捜査一課にいた男だから、第六係の刑事らと付き合いがあるし、黒田とも親しかった。中藤は、元の上司である。

本部の鑑識課員らも駆けつけてくる。

投光機が運びこまれて、ＶＴＲ撮影もはじまった。

黒田が、指揮をとる。

蟹沢は、中藤や黒田と言葉を交《か》わしてから、この現場を出た。

相馬も、つづいて出る。

二人は、パトカーに乗りこんだ。

バーテンの西井をはさんで、リアシートにすわる。

西井は、ちょっと表情を堅《かた》くした。

「あなたが店に来たのは、何時でした？」

　蟹沢が、おだやかに口を切る。

「六時ごろです」

　西井が、こたえた。

「午後六時ですね？」

　蟹沢が、念を押す。

「はい」

「そのとき、どんな様子でした？」

「入口のドアにカギがかかっていなかったから、おかしいとおもいました。入って、明かりを点けると、ママが、ソファーの上で、あんな恰好《かっこう》になっていたんです。もう、びっくりして、一一〇番しました」

　西井の口調は、はっきりしている。

「開店は何時ですか？」

　つづけて、蟹沢が訊いた。

　相馬は、だまって、西井に目を向けている。

「七時です」

「あなたは、六時ごろに来るんですね？」

「ええ。掃除をしたり、開店の準備をするものですから」

「ママの高瀬ルミ子さんは？」

「七時ごろに来てました」

「あなたとママの二人で、店をやってたんですか？」

「いいえ。敏子《としこ》さんがいます」

「敏子さんの苗字は？」

「江口《えぐち》です」

「江口敏子さんは、いくつですか？」

「三十と聞いてます」

「ホステスさんですね？」

「バイトです。昼間は、スーパーのレジをやっていて、八時から店に出てました」

「八時から何時まで？」

「十一時半までです」

「あなたは？」

「午前零時までです。店の看板が午前零時でしたから」

「きのうの晩は、どうでした？」

「敏子さんは、いつものように八時ごろ店に来て、十一時半に帰りました。わたしは、六時ごろに店に入って、午前零時ごろに帰りました」

「帰るとき、客はいましたか？」

「いえ。最後の三人の客を送り出してから、店を出たんです」

「すると、ママが一人残っていたことになりますね？」

「ええ。いつも、たいがい、そうしてました。売上げの計算をしたり、後片付けがありますので」

「きのう、客は何人でした？」

「二十人くらいでした」

「最後の三人の客のこと、おぼえてますか？」

「久富《ひさとみ》さんと根本《ねもと》さん、この二人は常連の方で、あと一人は、はじめてでした」

「そのはじめての客の名前は？」

「聞いてません」

「どんな男でした？」

「色が黒くて、体格がよく、肉体労働者というか、外で仕事をしているような感じでした」

「背の高さは？」

「低くはなかったですね」

「中背だな。……人相は？」

「刑事さんみたいな髪型で……」

西井が、蟹沢を見やる。

「角刈りだな」

「目は小さくて、鼻は低くて……」

「鼻も、おれに似ているのか。……で、年は？」

「四十くらいだとおもいます」

「あなたが、店を出たのは、午前零時ごろでしたね？」

蟹沢が念を押す。

「ええ」

西井が、小さくうなずいた。

「店を出てから、どうしました？」

まず、第一発見者から疑ってかかるのが、捜査の常套《じようとう》手段なのである。

「近くのラーメン屋へ寄って、一杯やり、ラーメンを食べてから、家に帰りました」

「近くって、どのへん？」

「この通りを、立川駅の方向へ三〇〇メートルほど行ったところです」

「その店の名前は？」

「栄屋《さかえや》です」

「そこのラーメン、うまいですか？」

相馬が、はじめて口を出す。

「スープは、アブラこくなくて、さっぱりしているわりには、コクがあって、うまいですよ」

西井が、相馬に首をまわした。

「メンは？」

「細めで、ちぢれていて……」

「それじゃ、スープに、よくからんで、うまいだろうな。ラーメンの専門店？」

「ギョーザやチャーハンもありますよ」

「ニラレバ炒《いた》めも？」

　つづけて、相馬が問いかける。

「ええ。肉や野菜炒めも」

「それじゃ、ツマミもあって、一杯やれるわけだ」

　相馬が、納得した顔になる。

「その店を出たのは、何時でした？」

　また、蟹沢が質問する。

「一時半をまわってました」

「あなたの住居は？」

「柴崎町《しばざきちょう》三丁目の〈コーポ北野《きたの》〉というアパートの二〇三号室です」

　西井は、蟹沢に目をもどした。

　柴崎町は、錦町と隣接している。

「歩いて帰ったんだね？」

「ええ」

「アパートに帰り着いた時刻は？」

「二時ごろでした」

「午前二時ごろですね？」

「ええ」

「家族は？」

「いません」

「あなたは、いつから、このバーに？」

「勤《つと》めてから、もう五年になります」

西井の言葉つきに、よどみはない。

「ママは、何年前から、やってたんですか？」

「この店をはじめてから、十八年目と聞いてます」

「ほう、十八年か。長いんだねえ。それじゃ、固定客が多かったでしょう」

「ええ。開店のころからの方もおられました」

「ママの家族は？」

「ひとりでした」

「独身？」

「ええ、そうです」

「あなたと親しくしてたんでしょう？」

「どういう意味ですか？」

西井が、訊き返した。

「たとえば、肉体関係があったとか」

「いいえ。わたしとは、ありません」

西井が、きっぱりと言う。

「失礼だが、あなたの血液型は？」

「B型です」

ためらう気配を見せずに、西井がこたえる。

「ママの住居は？」

「錦町五丁目の〈メゾン錦〉というマンションの五〇三号室です」

「そのマンションは、賃貸ですか、分譲ですか？」

「分譲だそうです」

「マンションも店も持っていて、ママは金持ちだったんですね」

「ええ、まあ……」

西井が、はじめて言葉を濁《にご》した。

「パトロンが、いたんじゃありませんか？」

「さあ、どうでしょうか」

「開店当時からの客で、とくにママと親しくしていたのは？」

「さあ……」

西井の表情が思案げになる。

「あなたは、五年間も勤めていた。心当たりがあるはずですがね」

と、蟹沢の語気が強まる。

「赤塚《あかつか》さんだとおもいます」

一呼吸ほど間《ま》を置いて、西井が言った。

「その赤塚さんの名前は？」

「信治《のぶはる》さんです」

「年は？」

「五十半ばくらいです」

「赤塚信治さんは、どんな人ですか？」

「〈赤塚商会〉の社長さんです」

「どういう会社ですか？」

「金融関係だそうです」

「どこにあるんですか？」

「西新宿《にししんじゆく》二丁目と聞いてます」

「ママは、赤塚さんから、お金の援助を受けたことがあるんですね？」

「この店の開店資金の一部を借りたことがあると、ママから聞きましたけど……」

「開店資金だとすると、十八年も前のことですね」

「ええ。そういうことになります」

「赤塚さんは、いまでも店に来てたんですか？」

「ええ、たまに……」

「たまにというと？」

「月に二度か三度です」

蟹沢は、うなずいて、腕時計に目を落とした。

もう七時半をまわっている。

「江口敏子さんの出勤は、八時でしたね？」

蟹沢は、西井に目をもどした。

「そうです」

「敏子さんは、ママが殺されたのを知らないはずだ。八時には、ここへ来ますね？」

「そうだとおもいます」

「立入規制がされているし、野次馬もいるから、彼女は来ても帰ってしまうかもしれない。彼女を見つけたら、おしえてもらえませんか？」

「はい、わかりました」

「捜査には、関係者の指紋や掌紋が必要です。面倒をかけますが、採取に協力ねがえませんか？」

西井の声音は落ちついている。

「ええ、いいですよ」

二

バー〈ルミ〉の実況見分と採証がおわると、被害者、高瀬ルミ子、五十歳の死体は、検視のために北多摩署へ運ばれた。

北多摩署の強行犯係の刑事と、本部（警視庁）捜査一課第六係の刑事らは、すでに手分けをして地取り捜査を開始していた。

地取り捜査というのは、現場一帯の訊き込みである。

蟹沢と相馬は、署へもどって、検視に立ち会った。

佐藤や久我、中藤や三田村、黒田らも顔をそろえる。

検視がはじまったのは、ちょうど午後九時であった。

死体の着衣を脱がし、全裸にして、所轄の警察医が、全身の損傷を綿密に調べる。首に巻きつけられていた肌色のパンストも、結び目を残して切り取られた。首の両側には、両手の指と爪の痕が交互についていた。そして、索溝《さっこう》（絞めた痕）は、首のまわりを水平に一周していて、首の正面の結び目の部分が、とくに鮮明だった。背中と臀部に紫赤色の死斑が見られた。この死斑は、血管内にある血液が、下位にあつまることによって発現するのである。首につけられた指と爪の痕、索溝だけで、ほかに損傷は見当たらなかった。

「死因は？」

佐藤が訊いた。

「扼殺《やくさつ》です。両手で首を絞めたものでしょう。パンストで絞めた時点では、すでに死亡していたものとおもわれます」

警察医が、こたえる。

「死後の経過時間は？」

つづけて、佐藤が問いかけた。

「指の関節まで硬直しているところから見て、死亡後、二十時間くらいでしょう」

「すると、死亡推定日時は、きょう、十月二十四日の午前一時ごろということになりますね」

と、蟹沢が口を出した。

「ま、そういうことになります」

警察医が、蟹沢を見やる。

検視がおわると、死体は司法解剖にまわされた。

〈バーのママ強盗強姦殺人事件特別捜査本部〉が、北多摩署に設置された。

地取り捜査をしていた刑事らが、引き揚げてきて、二階の会議室で捜査会議がはじまったのは、午後十一時であった。

机が、コの字型に並んで、中藤や三田村、黒田、佐藤や久我らが、上席にすわった。

佐藤が、まず口を切り、検視の結果を報告してから、

「ホトケの恰好から見て、強姦は、あきらかです。解剖によって、精液の検出など、はっきりするはずです」

と、言葉をついだ。

「採証によって、現場の店内から、指紋や掌紋など六十数個が検出されました。なお、ホトケの内股の下のソファーから、二本の陰毛を検出しました。二本とも長さが約五センチで、ホトケの陰毛ではなく、男性の陰毛と推定されます。指紋や掌紋は、いま照会しているところです。二本の陰毛も鑑定にまわしました」

つづけて、黒田が報告する。

「手提げ金庫の蓋が開いていましたね」

蟹沢は、黒田に目を向けた。

「ああ。中に現金はなかった。そして、カウンターの内側の棚に黒革のハンドバッグが載っていたが、その中の財布も空《から》っぽだった」

「バーのママは、たいがい、アドレス帳や手帳などをハンドバッグに入れているものですが、ありましたか?」

「いや、なかった。売上げ伝票も見当たらなかった。伝票はなくても、売上げのメモくらいはしておくものだがね。それも、なかった」

黒田が、蟹沢と目を合わせて言葉を返す。

「売上げのメモすらなかったということは、客が犯人と考えられますね」

「うん。カニさんの言うとおりだね」

中藤が、親しげに声をかけて、

「バーテンとバイトの女性から事情聴取をしたんだね？」

「はい。バーテンは、西井重夫、三十六歳。住所は、立川市柴崎町三丁目のアパート〈コーポ北野〉の二〇三号室。バイトの女性は、江口敏子、三十歳。住所は、国立《くにたち》市青柳《あおやぎ》のワンルームマンション〈サンハイツ〉の一〇五号室。二人とも独身です」

蟹沢は、そう告げてから、言葉をつづけて、まず、西井の供述の内容を、くわしく報告した。

「ほう。被害者は、十八年も、あのバーをやっていたのか。それに、マンションも所有していた。金を貯《た》めていたのかもしれないね」

聞きおわって、中藤が言った。

「多額の現金を持ち歩いていた可能性もあります」

と、久我が口を入れる。

「パトロンと見られる、赤塚信治に当たる必要があるね」

中藤が、蟹沢に言った。

「当然、当たります」

「バーテンの西井が、〈栄屋〉という店で一杯やり、ラーメンを食って、まっすぐにアパートへ帰ったか、どうか、それも当たる必要がある」

「はい。当たります。ラーメン屋にも」

と、相馬が口を出す。

「食い物となると、ウマくんの出番だね」

中藤は、相馬に目を移して、にこっと笑いかけた。

一年あまり前、この所轄署で、殺人事件の捜査会議が開かれたおり、その最中に、相馬は、すわったまま鼾《いびき》をかいたのだった。しかし、その事件の犯人検挙の糸口をつかんだのは、相馬であった。それ以来、中藤は、親しげに「ウマくん」と呼ぶのである。そして、「牛飲馬食」も、よく知っているのだ。

「西井の供述によると、ラーメンのスープは、アブラこくなくて、さっぱりしているわりには、コクがあって、うまいそうです。メンは細めで、ちぢれていて……」

真顔《まがお》で、相馬が言う。

「ラーメンの問題ではない」

久我が、相馬を睨みつけた。

「初回で、名前の知れない最後の客というのも、問題だね」

笑いをこらえて、中藤が言った。

「色が黒くて、中背で、体格がよく、肉体労働者ふうで、髪型と鼻の低いところは、わたしと似ているそうです」

蟹沢も、日焼けした顔に笑みを滲《にじ》ませる。

「ところで、江口敏子の供述は？」

と、中藤が訊いた。

「あのバーでバイトをするようになってから、まだ半年しか経っていないということです。昼間は、スーパーに勤めていて、レジをやっているそうで、あのバーでは、西井の供述どおり、八時から十一時半まで時間給で働いていたんだそうです。昨晩も、十一時半に帰っています。ママの私生活は、よく知らないが、金銭的な面では、しっかりした女性だった、と供述しております」

蟹沢は、そうこたえて、

「カウンターに置いてあったクリスタルの灰皿の中に、タバコの吸い殻が二本入っていました。そして、その二本とも、フィルターの吸い口に口紅が付いていました。ママは、西井が帰ったあと、タバコを吸いながら、だれかを待っていたんじゃないでしょうか」

「なるほど。そういう見方も出来るね」

中藤は、小さくうなずき、目を黒田に移して、

「地取り捜査の状況は？」

「いまのところ、有力な情報を得ておりません」

「これからも、地取り捜査を徹底的にやる。それから、昨日の被害者の行動と客関係、被害者の身辺、交友や男関係、ツケなど金銭のもつれが、あったかどうかなど、あすから、しっかり捜査をたのみます」

中藤が、語気を強めて、捜査方針の指示をする。

三

――翌、十月二十五日。

午前九時ごろ、北多摩署の強行犯係の刑事と本部第六係の刑事らは、二名一組になり、それぞれ地域の分担を決めると、地取り捜査に出かけていった。

三田村と黒田、佐藤や久我、蟹沢、相馬らは、刑事部屋で待機した。

蟹沢と相馬は、宿直である。宿直明けは、通常、午後零時三十分となっている。

高瀬ルミ子の死体の司法解剖の所見が出たのは、昼前であった。

死因は扼死。両手で頸部を圧迫して窒息させたもので、舌骨に骨折が見られる。

死体本人の血液型はＯ型。

死亡推定日時は、十月二十四日の午前一時前後。

膣内から、血液型Ａ型とＢ型の精液を検出。Ａ型が少量で、Ｂ型が多量。

解剖の所見は、このようになっていた。

「精液の血液型が、Ａ型とＢ型の二種類で、Ａ型が少量で、Ｂ型が多量というのは、どういうことかね？」

解《げ》せない顔で、佐藤が言い出した。

「年を取るにしたがって、精液の量が少なくなるそうですがね」

と、久我が口を入れる。

「すると、年寄りと若者に輪姦でもされたのかね」

佐藤が、久我に目を向ける。

「いいえ、そうではありません。先にA型の男に精液の注入を受け、そのあと何時間か経《た》ってから、B型の男に注入されたものでしょう。したがって、B型の男が犯人と推測されます」

蟹沢は、語気を強めた。

「うん。カニさんの言うとおりだろう。両手で首を絞めて強姦したのが、B型の男ということになる」

黒田が、はっきりと言う。

「そういえば、バーテンの西井はB型でしたね」

と、相馬が口を出した。

「うん」

蟹沢が、小さくうなずく。

「そうか、西井はB型だったか。そうなると、ラーメンを食ってから、店へ引き返した可能性が出てくる。ママが一人きりでいるのを知ってたんだからね。そして、情交をせまった。ところが、断わられたので、手で首を絞めて犯し、面識があるから、念を入れて、パンストで首を絞めなおした。金にも困っていたのかもしれない。まず金を取り、客の犯行と見せかけるために、ママのアドレス帳や手帳、売上げ伝票などを取ったんじゃないのかね。こう考えると、スジが通る」

佐藤が、ちょっと声を大きくする。

「わたしのカンでは、西井は、シロだとおもいます」

確信ありげに、蟹沢が言った。

「いまは、カンで捜査をする時代ではない。組織捜査と科学捜査の時代だよ」

久我の声音《こわね》が冷たくなる。

「カニさんのカンの根拠を聞きたいね」

黒田が、うながす。

「わたしは、西井から事情聴取をしております。そのとき、血液型を訊きました。すると、西井は、ためらうことなく、B型とこたえました。もし自分が強姦をやっているのなら、ちがった反応を見せるはずです」

「うん、なるほど。本部一課にいたころから、カニさんのカンは、よく当たるからね」

「しかし、念のために、わたしとウマさんで西井に当たります」

「大丈夫かね、カニさん？　きのうの晩は、ほとんど寝てないんだろ。宿直明けなんだから、少し休んだほうがいいよ。ウマさんは馬力があるし、立ってでも寝られるから、心配ないがね」

と、佐藤が言った。

「立っては寝られません。本物の馬じゃないんですから」

相馬が、ぶすっとした顔になる。

黒田が笑って、相馬を見た。

蟹沢と相馬は、午後零時三十分をすぎてから、北多摩署を出た。

陽射《ひざ》しをあびながら、バス通りを歩く。立川駅の方向にすすみ、右折して、錦町一丁目に入った。

行手に、〈ラーメン・栄屋〉の看板が見えた。

その店に入る。

カウンターだけで、小ぢんまりとしている。カウンターの中の調理場に、二人の男がいた。一人は坊主頭で四十がらみ。もう一人は若い。二十四、五か。その若い男が、こちらに顔を向けて、ネギを刻《きざ》んでいる。坊主頭の男は、中華鍋《なべ》を手にして、背中を見せていた。首をまわして、

「いらっしゃい」

と、声をかけてくる。

蟹沢と相馬は、カウンターにすわった。

男ばかりで、客は四人。そのうち二人が、ラーメンをすすっている。

「喉《のど》が渇きましたね」

にこっと笑って、相馬が言った。

「じゃ、まずビールで嗽《うがい》をするか」

蟹沢も、顔を和《なご》めた。

ビールを一本ずつ注文する。蟹沢が、ギョーザを、相馬は、ギョーザ二人前とニラレバ炒めを

たのんだ。

若い男が、ギョーザを二人の前に並べた。

坊主頭の男が、ニラレバ炒めを相馬の前に置く。

相馬が、ギョーザやニラレバを口にほうりこんでは、ビールを流しこむ。

蟹沢は、ギョロ目を細めて、ビールを吸いこみ、ギョーザをつまんだ。

相馬が、ビールの追加と、ラーメンの大盛りを注文する。

蟹沢も、ラーメンをたのんだ。

グラスを干《ほ》して、物も言わずに、熱あつのラーメンをすすりこむ。

相馬は、またたく間に、スープを一滴も残さず、ドンブリを空《から》にして、

「わたしの勝ちですね」

と、満足げな声を出す。

「うん。ウマ勝った」

蟹沢は、いくらかスープを残して、ドンブリを置いた。勘定を払って、ズボンのポケットから紐《ひも》付きの警察手帳を取り出す。酔っぱらってなくすと、たいへんだから、腰のベルトに紐で縛りつけているのである。

坊主頭の男の視線が、その警察手帳にそそがれる。

「あなたが、マスターですね?」

蟹沢は、おだやかに話しかけた。

「ええ」

坊主頭が返事をする。

「失礼だが、お名前は？」

「森下《もりした》です」

「森下さんか。……栄屋という屋号は？」

「名前が、栄二《えいじ》で、栄えるという字なもんですから」

「なるほど。味がいいから、客が多くて、栄えているということですな」

蟹沢の言葉つきが、気さくになる。

「ま、おかげさまで」

森下が、顔を和めて、

「〈ルミ〉のママさんが殺された事件ですね？」

「そう。あのママも来てたんでしょう？」

「ええ、ちょくちょく。店がおわって帰りに寄ってもらってました」

「この店は長いんですか？」

「もう十年になります」

「あのバーに、十八年もつづいていたんだそうですね」

「ええ。そう聞いてます」

「ママは、この店の開店当初からのお客さんでしたか？」

「ええ」

「すると、付き合いも、十年ということになりますね？」

「ですが、あのママさんは、お客でしたから」

「プライベートな付き合いは、ないということ？」

「そうです。忙しいときには、カミサンが手伝いに来るんです。ですから、カミサンも、あのママさんを、よく知ってて……」

「どんな女性でした？」

「若く見えました。十年前と、それほど変わらなくて。小柄で、色白で、ぽちゃっとしていて、色っぽかったですよ」

「男連れで来てたんですね？」

蟹沢が、質問をつづける。

「一人のときもありました」

森下が、こたえる。

若い男は、背中を見せて、平たい鍋にギョーザを並べている。

「とくに親しくしてた男は？」

「さあ。わたしには、わかりません」

「ここでは、どんなものを食べてたんですか？」

相馬が、はじめて口を出した。

「ギョーザをつまんで、ビールで一杯やり、仕上げにラーメンということが多かったですね」

森下は、相馬に目を移した。

「店がおわってから、ビールを飲むなんて、酒が強かったんですね」

「ええ。酔っぱらって正体をなくすようなことは、なかったですね。しっかりしてました」

「ここの営業時間は？」

蟹沢が、また質問する。

「午前十一時から午後二時までと、午後六時から午前二時までです」

森下は、蟹沢に目をもどした。

「西井重夫さんを、ご存じですね？」

「ええ。あのバーのバーテンさんですね」

「おとといの晩、来ましたか？」

「ええ」

「何時だったか、おぼえてますか？」

「午前零時をすぎてました」

「正確にいうと、きのうの午前零時すぎということですね？」

「ええ、そうです」

「帰ったのは？」

「午前一時半ごろでした」

「一時間半ちかくも、いたことになりますね?」

「酒を四本飲みましたからね。ギョーザや野菜炒めを食べて」

「よく来てたんですね?」

「ええ」

「いつも、酒を?」

「まあ、たいがい飲んでました」

「ママといっしょのときもありましたか?」

「たまにですが……」

「二人の仲は、どうでした?」

「西井さんは、ママを立ててました。言うことを聞いて……」

「愛情が、からんでいるような様子は?」

蟹沢が、突っこんで訊く。

「それは、なかったですね。オーナー・ママと従業員という感じでした」

森下の言葉つきは、はっきりとしている。

「わかりました。どうも」

と、蟹沢が腰をあげる。

「お邪魔しました」

相馬も、会釈《えしゃく》して立つ。

二人は、この店を出た。

柴崎町三丁目へ歩く。

〈コーポ北野〉は、木造モルタル造りの二階建てのアパートだった。クリーム色の外壁が褪《あ》せている。一階も二階も五戸ずつで、玄関のドアが、一方通行の通りに面していた。階段を二階へ上がる。

「こういうアパートは、隣の物音が、よく聞こえるものだ」

声を低めて、蟹沢が言った。

二〇三号室の郵便受けには、〈西井〉と記されていた。

二〇二号室には、〈中本《なかもと》〉という表札が出ている。

この二〇二号室の前に立つ。蟹沢が、ドアのわきのチャイムのボタンを押した。三度押しても、応答がない。

二〇三号室を通り越して、二〇四号室の前で足を止めた。郵便受けに、〈片山《かたやま》〉と記されている。

蟹沢が、チャイムのボタンを押す。二度押すと、

「はぁーい」

ドア越しに、男の声が聞こえてきた。

じきにドアが開いて、若い男が顔を覗かせた。髪を首すじまで垂《た》らしている。目鼻立ちは整っているが、うっすらと不精髭《ぶしょうひげ》を生やしていた。

「ちょっと邪魔をさせてもらいますよ」

蟹沢が、気さくに声をかけて、紐付きの警察手帳を見せ、

「入って、いいかね？」

「どうぞ」

若い男が請《しよう》じた。

蟹沢が入る。つづいて、相馬も、狭い玄関に入った。

若い男が、あがりかまちに立って、

「〈ルミ〉のママの事件ですね？」

と、興味ありげに訊いてくる。

「そう。いいカンしてるね」

蟹沢は、そう言葉を返して、顔を和めた。

「新聞やテレビで見て、びっくりしました。西井さんに誘われて、あのバーへ一度行ったことがあるんです」

「ほう。あのバーへね。ところで、あなたが、片山さん？」

「はい」

「名前は？」

「良行《よしゆき》です」

片山良行が、蟹沢と視線を合わせたまま、こたえる。

「年は？」

「二十です」

「学生さん？」

「浪人です。大学受験の」

「どこの大学をねらってるの？」

「国立大の医学部です」

「ほう。頭がいいんだね」

「いえ。わるいから、浪人してるんです」

片山が、苦笑をうかべる。

「予備校へ通ってるんだね？」

「ええ」

「きょうは休み？」

「家で勉強することもあります」

片山は、そう言って、相馬に目を移した。

「来年は、きっと通るよ」

相馬が、片山と目を合わせて、あかるい表情を見せる。

「だと、いいんですけど」

片山の声も、あかるくなる。

「〈ルミ〉へ行ったのは、いつ？」

つづけて、蟹沢が問う。

「八月の半ばごろです」

片山は、蟹沢に目をもどした。

「今年の？」

「ええ」

「それ一回きり？」

「そうです。大学に入ってから、いらっしゃいって、ママに言われて、ビール一本だけで帰ってきました」

「どんなママだった？」

「オフクロみたいな感じがしました」

「なるほど」

蟹沢は、小さくうなずいてから、

「ところで、西井さんのことだけどね。おとといの晩、何時に帰ったのか、それが知りたいんだ」

「おとといの晩だけど、正確に言うと、きのうですよね」

「そう。午前様で帰ればね」

「いつも、午前様なんです。きのうも午前二時ごろでした。ドアの開く音と閉まる音がして。

……隣の物音、わりと聞こえるんです」

　片山の言葉つきに、よどみはない。

「そのころまで勉強してたんだね？」

「ええ」

「隣の物音が、よく聞こえると、勉強に差しつかえることが、あるんじゃないか」

「女性が訪ねてきたとき困るんです」

「西井さんの部屋へ？」

「ええ。女性の泣き声が聞こえてきたりして……」

「そりゃ、困るね。勉強に身が入らなくなるね」

「ええ、まあ……」

「女性は、ちょくちょく来てるの？」

「ぼくのいないときもありますし。……でも、週に一回くらい聞かされてます」

「どんな女性？」

「顔を合わせていないんです。後ろ姿は見かけたことがあります。髪が長くて、すらっとしてました」

「いま、西井さんは？」

「一時間ほど前に、ドアの音がしたから、留守だとおもいます」

「わかった。ありがとう。勉強の邪魔をしたね」

と、蟹沢が笑みを見せる。

「がんばってね」

相馬は、にこっと笑いかけた。

「はい」

片山が、素直な声を返す。

二人は、廊下へ出た。

二〇三号室の前で足を止める。

蟹沢が、チャイムのボタンを押した。応答がない。

「やっぱり留守ですね」

と、相馬が言った。

「うん。睨んだとおり、西井は、シロだね」

蟹沢が、そう言って、先に立つ。

階段を降りて、一方通行の通りへ出た。

立川駅へ歩く。

東京行の特快電車に乗りこむと、新宿駅で降りて、西口へ出た。

ビル街をすすんで、西新宿二丁目に入る。

〈赤塚商会〉は、〈神代《じんだい》ビル一号館〉の五階にあった。所在を調べてきているのである。

〈神代ビル一号館〉は、近くに都庁の庁舎など高層ビルがあって目立たないが、十四階建てのビルだった。地下一、二階が駐車場で、一階には、宝石店やブティック、CDレコード店、花屋、喫茶店、洋菓子店、イタリア料理店などがあった。二階には、画廊や貸しスタジオ、ピアノ教室や英会話教室などがあって、三階から上は、事務所になっている。

エレベーターで五階に上がる。

廊下をすすむと、右手のドアに、〈赤塚商会〉という文字が見えた。

蟹沢が、そのドアを押して入る。相馬も、つづいた。

有限会社で、社長は、赤塚信治、五十七歳。このことも調べてきている。

女性事務員二人が、机に向かっていた。

入口に近い席の若い女が立ってきて、

「いらっしゃいませ」

と、頭を下げる。

蟹沢は、紐付きの警察手帳を見せて、

「警視庁北多摩署のものです。赤塚さんに、お目にかかりたい」

と、告げた。

「ちょっと、お待ちください」

若い女が背中を見せる。奥にドアがあった。そのドアを開けて入っていく。もどってくると、

「こちらへ」

と、請じた。

奥の部屋に通される。

大きな机を前にして、男が一人すわっていた。

薄めの頭髪をオールバックに撫《な》でつけて、額《ひたい》をテラテラと光らせていた。目は細いが、鼻と口は大きかった。頬の肉付きが、ゆたかで、首も太く、精力的な感じがする。

「ま、どうぞ」

そう声をかけて、立ってくる。背丈は、一七〇センチくらいか。紺のダブルのスーツの腹のあたりが、いくらか出ている。

机の前に、応接セットがあった。

「どうぞ、おかけください」

言葉つきに如才《じよさい》がない。

蟹沢は、いま一度、警察手帳を取り出した。名乗って、相馬を紹介してから、ソファーに腰をおろした。相馬も、すわる。

「赤塚信治さんですね？」

蟹沢が、おだやかな声で念を押す。

「ええ」

赤塚も、腰をおろした。

テーブルをはさんで向かい合う。

「わたしどもが、お伺《うかが》いしたわけを、お察しのこととおもいますが……」

蟹沢は、赤塚と視線を合わせた。

「ルミ子が殺された事件ですね」

赤塚の表情が翳《かげ》る。しかし、目をそらさない。

「そうです。高瀬ルミ子さんと親しくしておられたそうですね？」

「新宿歌舞伎町《かぶきちょう》のバーで、ホステスをしていたころからの付き合いです。〈ルミ〉を開店したときには、融資もしました。金を貸すのが商売ですからね。もちろん、全額返済してもらっております」

赤塚は、声音も物腰も落ちついている。

「〈ルミ〉は、開店してから、十八年目だったと聞きましたが……」

「そうです」

「すると、十八年以上の長い付き合いということになりますね？」

「ええ。二十年来の」

「二十年ものあいだ、肉体的な付き合いもあったということでしょうか？」

「ええ、まあ……」

「失礼ですが、あなたの血液型は？」

「A型です」

赤塚の声に、よどみはない。

「最近、お会いになったのは、いつでしたか？」

「二十三日です」

「今月の二十三日ですね？」

「そうです。午後三時ごろ、ルミ子のマンションを訪ねました」

「立川市錦町五丁目の〈メゾン錦〉というマンションの五〇三号室ですね？」

「ええ」

「そのとき、そのマンションで何をなさいました？」

「男と女、二人きりでしたからね」

「下世話に言えば、いっしょに寝たということですね？」

「ま、そういうことです」

赤塚は、動揺の気配を見せない。

相馬は、だまって、赤塚の表情に目をそそいでいる。

「いっしょに寝れば、射精しますね？」

蟹沢が、質問をつづける。

「当然でしょう」

赤塚は、わずかに苦笑をもらした。

「そのとき、何時でした？」

「そこまで言わないと、いけませんか？」

「お聞きしたいですね」

「寝室に入ったのは、三時半ごろでした。ですが、すぐにとは、いきませんからね」

「前戯などありますしね」

真顔《まがお》で、蟹沢が言う。

「ああいうときは、まあ、夢中で、はっきりしませんが、四時半ごろだったとおもいます」

赤塚も、真顔でこたえた。

「十月二十三日の午後四時半ごろということですね」

「そうです」

「それから、どうなさいました？」

「午後五時半ごろ、ルミ子のマンションを出て、まっすぐ家に帰りました」

「お宅は、どちらですか？」

「武蔵野《むさしの》市の吉祥寺《きちじょうじ》南町です。家内と娘が二人います。ですから、ルミ子のマンションに一度も泊まったことはありません」

「ルミ子さんのマンションは分譲だそうですね」

「ええ。十年ほど前に購入してます」

「その際、資金をお貸しになりましたか？」

「いいえ。ルミ子に金銭面で、非常にしっかりしてました。中古のマンションを安く買ったと聞いております」

「十八年も、バーをつづけてれば、金が貯まりますね」

「だとおもいます」

「男関係は、どうでした？」

「若いころは、知りませんが、あのバーをはじめてからは、身持ちが堅かったとおもいます。ママが、やたらに客と寝るような店は、十八年もつづきませんからね。しかも、儲《もう》けを出して……」

「どなたか、〈ルミ〉の客を、ご存じありませんか？」

「このビルのオーナーの神代さんも常連でした。もっとも、わたしが紹介したんですがね。神代さんのお宅は、国立《くにたち》市内にあって、近くですから」

「国立の富士見台《ふじみだい》に、神代という大きな屋敷がありますが、あの神代さんが、このビルのオーナーですか？」

「そうです。よくご存じですね」

「わたしどもの署の管内ですし、わたしのうち、ウサギ小屋ですが、富士見台にありますので」

蟹沢の住居は、国立市富士見台の団地にある。言葉をついで、

「これは、〈神代ビル一号館〉ですね？」

と、たしかめる。

「ええ」

赤塚は、小さくうなずいた。

「二号館や三号館もあるんですか？」

「二号館は、新宿三丁目にありますし、歌舞伎町には、マンションを一棟所有しておられます」

「ほう。たいへんな資産家ですね」

蟹沢が、ちょっとギョロ目を大きくする。

「へーえ」

相馬が、はじめて声をもらした。

赤塚が、おかしそうに相馬を見やる。

「すると、新宿に事務所を持っておられるんですね？」

と、蟹沢が訊いた。

「ええ。このビルの十四階にあります」

赤塚が、蟹沢に目をもどす。

礼を言って、この〈赤塚商会〉を出た。

エレベーターで十四階に上がる。

廊下をすすむと、突きあたりのドアに、〈神代商事〉という文字が横に並んでいた。

蟹沢が、そのドアを押して入る。相馬も、つづいた。

入口の近くに応接セットがあって、その向こうに机があった。

五十くらいの男と、三十半ばに見える女が、机に向かっている。

女が立ってきて、

「いらっしゃいませ。どちらさまでしょう？」

と、頭を下げて訊いてくる。

「警視庁北多摩署のものです。神代さんにお目にかかりたい」

「しばらく、お待ちください」

女が、背中を見せる。

左手の壁際には、書類棚やロッカーなどが並んでいる。右手にドアが二つあった。女が、手前のドアを開けて入っていく。じきに、もどってくると、

「どうぞ、こちらへ」

奥のドアを開けて請じた。

入ると、応接室だった。大きな窓から都庁の庁舎が見える。中ほどにテーブルがあって、黒革のソファーが囲んでいた。

「ただいま、神代がまいります」

女が、そう言い置いて出ていく。

間もなく、男が姿を見せた。

相馬とおなじくらい長身で、締まった体つきだった。背すじも、しゃんと伸びている。七、三に分けた白髪まじりの頭髪には、ゆるやかにウェーブがかかっていた。目鼻立ちは整っているが、のっぺりとした感じだった。血色がよくて、日焼けしている。茶系のスーツが、よく似合っていた。年は六十くらいか。

蟹沢が、名乗って、相馬を紹介する。

「ま、かけてください」

そう声をかけてくる。

ソファーに尻を沈めて、

「神代さんですね？」

蟹沢は、念のために訊いた。

「ええ」

神代も、向かい合って腰をおろす。

「高瀬ルミ子さんが殺されたのを、ご存じですか？」

と、蟹沢が切り出した。

「ええ。おどろきました」

神代の表情が暗くなる。

「〈ルミ〉の常連だったそうですね？」

「わたしの家は国立にあります。近くでしたから」

「富士見台ですね」

「ほう。よくご存じですね」

「じつは、わたしの住居も富士見台にあります。団地ですが……」

「それじゃ、近所ですな」

神代が、わずかに顔を和める。

「いつから、〈ルミ〉の客になられたんですか？」

「もう十年ほどになります。ちかごろは、あまり行ってませんがね」

「以前は、通われたんですね？」

「三年前に、女房を亡くしてます。そのころは、よく行ってました」

「そのころ、とくに親しくしておられたんですね？」

「デートはしました」

「ホテルへ行かれましたか？」

「ご想像にまかせます」

「いまも、お独《ひと》りですか？」

「いえ。二年前に再婚しました」

「最近、ルミ子さんに会われたのは？」

「今月の一日に店に行きました。以来、会っておりません」

神代が、きっぱりと言う。

「失礼ですが、神代さんの血液型は？」

「O型です」

間を置かずに、こたえる。神代の声音が冷たくなった。

四

蟹沢と相馬は、〈神代ビル一号館〉を出た足で、北多摩署へ帰った。

午後五時半をまわっている。

刑事部屋に入ると、三田村や黒田、佐藤や久我らの顔があった。

「どうだったかね、訊き込みの状況は？」

待ちかねていたかのように、佐藤が訊いてくる。

蟹沢は、捜査の経緯を、くわしく報告して、

「西井は、たまたま血液型がB型だっただけで、シロです。高瀬ルミ子の死亡推定日時は、きのう二十四日の午前一時前後となっております。西井は、きのうの午前零時すぎに、中華料理店〈栄屋〉に入り、酒を四本飲んで、ギョーザや野菜炒めを食べ、午前一時半ごろ、この店を出ております。自宅のアパート〈コーポ北野〉の二〇三号室に帰ったのは、午前二時ごろです。このことは、森下栄二と片山良行の供述で、あきらかになりました。したがって、西井には、アリバイがあります」

てきぱきと告げる。

「ギョーザやニラレバ炒め、ラーメンも、うまかったです」

と、相馬が口をそえる。

「おいおい。訊き込みに行って食ってきたのか？」

久我が、相馬を睨んだ。

「ただで食べてきたわけではありません。勘定を払ってから訊き出すのが、わたしのやり方です」

蟹沢は、久我に目を向けた。

久我が、しぶい顔になる。

「ルミ子の膣内から、血液型Ａ型とＢ型の精液が検出されてます。赤塚信治の血液型はＡ型です。赤塚は、おととい二十三日の午後三時ごろ、ルミ子のマンションを訪ねて、情を交わし、午後四時半ごろに射精しております。それから、およそ八時間あまりあとで、ルミ子は扼殺されたことになります。ですから、量の少ないＡ型の精液は、赤塚のものと推定されます」

蟹沢が、きっぱりと言い切る。

「〈神代商事〉の神代も、ルミ子と肉体関係があったんだね」

念を押すように、久我が言った。

「そのように推測されますが、神代の血液型はＯ型です。したがって、本件とは関係がないともわれます。強姦して、扼殺したのは、Ｂ型の男です」

蟹沢は、語気を強めた。

「現場のカウンターにあったクリスタルの灰皿に、タバコの吸い殻が二本入っていた。その吸い殻の鑑定結果が出た。二本とも、吸い口から血液型Ｏ型の唾液《だえき》が検出されている」

と、佐藤が告げる。

「被害者本人の血液型はO型でしたね」

と、相馬が口を出した。

「そう。二本とも、ルミ子が吸ったものと推定される」

佐藤は、相馬に目を移した。蟹沢に目をもどして、

「ルミ子の内股の下のソファーから、二本の陰毛が検出されている。その陰毛の鑑定結果も出た。二本とも長さが約五センチ、同一人物のもので、血液型はB型。三十五歳から四十歳の男性の陰毛ということだ」

「犯人の陰毛ですね」

と、蟹沢が言葉を返す。

「もう一つ、重大なことが判明した」

黒田が、蟹沢に視線をそそぎ、乗り出すようにして、

「現場の店内から、指紋や掌紋など六十数個が検出されている。これらの照合結果も出た。ルミ子本人の指紋は十三個で掌紋が五個。西井の指紋は十個で掌紋が二個、江口敏子の指紋は七個。残り約三十個の指紋や掌紋の中から、二個の指紋に該当者が出た。カウンターとカウンターの縁から検出された指紋だ。この二個は、羽場守《はばまもる》、三十九歳の指紋と一致した。羽場には、窃盗《せっとう》と強盗強姦の前科がある。血液型もB型ということだ。羽場の名前が出たのは、ついさきほどのことでね、もうすぐ顔写真も届くだろう」

「うーん」

と、蟹沢の口から唸り声がもれて、

「犯行手口の類似点は？」

「まだ、そこまでは、わかっていない」

と、黒田が言う。

「これで、有力な容疑者が浮かびあがったことになる。西井の供述によると、最後の三人の客のうち、二人は常連で、あとの一人は、はじめてで名前も聞いてない、ということだったね？」

久我が、蟹沢に顔を向けて、興奮ぎみの声を出す。

「そうです」

蟹沢は、久我を見返した。

「その名の知れない最後の客が、羽場なら、ドンピシャリということになる」

久我の声が大きくなった。そのとき、奥のドアが開いて、鑑識係員が出てきた。佐藤の前に歩み寄ると、

「羽場守の顔写真です」

そう告げて、数枚のコピーを差し出す。

佐藤は受け取ると、それぞれに、そのコピーを渡した。

手にした顔写真のコピーに、みんなが目をそそぐ。

蟹沢のギョロ目に光が萌《きざ》した。

坊主刈りだった。目は小さくて、鼻が低い、太い首から、体格がよく、がっしりとしているのが、わかる。

西井は、名の知れない最後の客について、「色が黒くて、体格がよく、肉体労働者というか、外で仕事をしているような感じでした。目は小さく、鼻は低くて、四十くらいだとおもいます」

このように供述しているのである。

「うーん、西井の供述と似ているな」

蟹沢の口から、また唸り声がもれて、

「西井に当たります」

と、腰をあげた。

相馬も、椅子《いす》から立つ。

二人は、羽場守の顔写真のコピーを持って、刑事部屋を飛び出した。

捜査専用車で、柴崎町三丁目へ走る。

〈コーポ北野〉の前で車を停めた。

階段を二階へ上がる。

蟹沢が、二〇三号室のドアのわきの、チャイムのボタンを押した。

ドアが細めに開いて、西井が顔を覗かせる。

「やあ」

蟹沢が、気さくに声をかけて、

「見てもらいたいものがあって、やってきたんだ」

「何でしょうか？」

西井が、ドアを大きく開けて、怪訝《けげん》げに訊いてくる。

「これなんだがね」

蟹沢は、羽場守の顔写真のコピーを差し出した。

西井が、それを手にして、目をそそぐ。その目を、ちょっと大きくすると、

「この人です。ママが殺された晩の最後の客です」

ほとんど間を置かずに、そう告げた。

「まちがいないね？」

「ええ。常連の久富さんと根本さん、そして、この人。三人を送り出してから、店を出たんです。この写真は坊主頭ですけど、まちがいありません」

西井が、はっきりと言う。

「この男の住居は？」

「わかりません。名前だって聞いてないんですから」

「この男にたいするママの様子は、どうだったかね？　好意的だったとか、冷たかったとか？」

「ママは、プロでしたから、どんな嫌《いや》な客でも顔には出しません。だけど、内心は嫌がっていたとおもいます。下《しも》ネタばかりで、四文字を連発してましたから。下ネタでも、聞いてて、たのしい人がいますよね。ところが、この人は下品な感じでした」

西井は、そう言って、コピーを返した。

「わかった。ありがとう」

蟹沢が礼を言って、西井に背中を向ける。

「どうも」

相馬も、会釈をした。

階段を降りて、車にもどる。

北多摩署へ引き返した。

この日は、午後九時から、二階の会議室で捜査会議が、はじまった。

中藤一課長も出席した。

「現場の遺留指紋や掌紋、約六十数個の中から、二個が、羽場守、三十九歳の指紋と一致した。羽場には、窃盗と強盗強姦の前科があり、血液型もB型だ。被害者の内股の下から検出された陰毛二本も、B型で、三十五歳から四十歳の男性の陰毛ということだ。したがって、血液型も年齢的にも、羽場と合うことになる。しかも、カニさんの捜査によると、バーテンの西井の供述から、ママのルミ子が殺された晩の最後の客の一人が、羽場と判明した」

まず、黒田が口を切る。

「重要参考人が浮上したということだね」

と、中藤が口を出した。

「そうです。羽場は、看板ということで、いったんは、店を出た。ところが、引き返し、西井が帰っていくのを見とどけると、一人きりの被害者をねらって、犯行におよんだものです。客として顔を見られているから、扼殺したうえ、息を吹き返されるのをおそれて、パンストで首を絞めて縛ったにちがいありません。金のほかに売上げ伝票などを取ったのも、はじめての客として、自分のことが記入されていたからです」

久我が、声を大きくして、断定的に言う。

「羽場の前科の詳細、わかりましたか？」

蟹沢は、黒田に問いかけた。

「ああ、わかった」

「強盗強姦をやったのは、いつです？」

「十年ほど前だ。練馬《ねりま》区に在住のＯＬ、二十四歳のアパートにベランダから侵入し、刃物で脅《おど》して、二度犯したあげくに、金を強奪している。そして、懲役七年の刑を受けて、府中《ふちゅう》刑務所に収監され、五年間服役したあと、仮出獄で出所している。逮捕時の記録によると、体型は、身長一六七センチ、体重七〇キロで、職業は土木作業員となっている」

黒田が、てきぱきと言葉を返す。

「西井の供述から、体型と職業は合いますが、犯行の手口が、まるでちがいますね」

蟹沢は、語気を強めた。

「しかし、二個の遺留指紋は、羽場のものだし、Ｂ型の血液型も一致する。しかも、二本の陰毛は、血液型も年齢的にも合っている。証拠が、そろっているんだ」

久我が、蟹沢に目を向けて、声を大きくする。

この男は、蟹沢のように捜査畑ばかり歩いてきたのではない。三年ほど前に、本部（警視庁）の公安部から、北多摩署の刑事課に転勤してきたのである。

「常習的な犯罪者は、その手口に反復性や慣行性があるものです。かりに、羽場の犯行とすると、強姦して扼殺しているのだから、ぜんぜん手口がちがうことになります」

と、蟹沢は言い返した。

「常習的といっても、羽場は、過去に一回、強盗強姦をやっているだけだ。反復性がなくても、おかしくはない」

久我が、高飛車《たかびしゃ》に言う。

「カウンターの上の灰皿には、タバコの吸い殻が二本入っていた。吸い口から検出された唾液の血液型から、ルミ子本人が吸ったものと推定されています。タバコを吸いながら、だれかを待っていたのではないか、そう考えられます。むろん、羽場が引き返してくるのを待っていたわけではありません。ルミ子は、下ネタの四文字を連発する下品な羽場を嫌がっていたんです。いったい、だれを待っていたのか、そのことが問題になります」

蟹沢の声音は冷静だった。

「うん。カニさんの言うことにも一理ある。だが、いまのところ、浮かびあがったのは、羽場だけだ。重要参考人として手配しよう」

と、中藤が口を入れる。言葉をついで、

「〈ルミ〉の近くに住居があるんじゃないかね。遠くから、わざわざ飲みには来ないだろう。まず、〈ルミ〉の近辺の地取り捜査だ。いまも、土木作業員をしている可能性がある。土木建設関係の会社にも当たってください」

「はい、わかりました」

めずらしく、相馬が返事をした。

「ウマくん、起きていたんだね」

中藤が、にこっと相馬に笑いかける。

みんなの目が、相馬にあつまる。

「はあ、いまのところ起きてます」

相馬は、てれて頭を搔《か》いた。

「高瀬ルミ子の身内が判明しました。実弟、高瀬武典《たけのり》、四十五歳。武典は、目黒区内在住の会社員で、妻、律子《りつこ》、四十歳と二人暮らしです。この武典が、姉の遺体を引き取りました」

と、黒田が告げる。

「その武典の立ち会いのもとで、ルミ子のマンションを捜索する必要があります」

蟹沢は、中藤に目を向けた。

「うん。その家宅捜索もやろう」

中藤が、小さく首を縦に振る。

出張捜査

一

十月二十六日の午後、高瀬ルミ子の住居、立川市錦町五丁目のマンション、〈メゾン錦〉の五〇三号室の家宅捜索がおこなわれた。

立ち会ったのは、ルミ子の実弟、高瀬武典、四十五歳である。

犯行現場の〈ルミ〉の店内には、ルミ子のハンドバッグが遺留されていて、その中には、キーホルダーや化粧ポーチなどが入っていた。これらは、被害者の証拠物として押収しているのである。キーホルダーには、店やマンションのキー、金庫のキーなどが付いていた。

マンションは、2DKだった。玄関を入ると、左手が六畳の洋室で、右手にバスや洗面所、トイレがあった。そして、奥の左手が六畳の洋室、右手が八畳ほどのダイニング・キッチンになっていた。奥の二部屋は、ベランダに面していて、左手の洋室が寝室だった。セミダブルのベッドの枕元に高さ六〇センチほどの金庫が置かれていた。花柄のカバーで、すっぽりと、おおわれていて、その上に、ステンドグラスの笠の小さな電気スタンドが載《の》っていた。

どの部屋も、きちんと片付いていていた。クローゼットの中の衣装は多いが、冷蔵庫の中の食品は無駄の出ないように整理されていて、合理的で質素な生活をおもわせる。

ダイニングルームのすみの電話台の引き出しから、名刺の入った箱が発見された。

金庫は、カギとダイヤルでロックされていた。開錠の技能を持つ本部（警視庁）の鑑識課員の手で、キーホルダーのキーを使って、その金庫が開けられた。中には、銀行や郵便局の預金通帳、札束、それに、借用証文などが入っていた。

この日は、午後八時から、捜査会議がはじまった。

中藤も出席したし、北多摩署の大河原《おおがわら》署長も顔を見せた。

〈バーのママ強盗強姦殺人事件特別捜査本部〉の本部長は、所轄の大河原署長だが、これは名目だけで、本部（警視庁）一課長の中藤が指揮をとるのである。

「被害者、高瀬ルミ子のマンションの捜索状況から報告してください」

まず、中藤が口を切る。

「寝室にあった金庫の中には、現金が一万円札で六百五十万円、銀行や郵便局の預金通帳などが八通、総額にして、約四千万円が入っておりました」

と、佐藤が報告する。言葉をついで、

「それに、三十七枚の借用証文が入っていました。いずれも、ルミ子が金を貸しつけた証文です。三十七枚で、総額約三千三百万円になります。借り主は、男ばかりで、ほとんどが店の客と推測されます」

「被害者は、モグリで金融業をやっていたということだね？」

念を押すように、中藤が言った。

「そうです。ルミ子は、バーの経営と闇金融で儲けていたものとおもわれます」

と、佐藤が言葉を返す。

「それにしても大した金で、わたしどもの給料から見ると、天文学的数字であります」

真顔で、久我が言った。

「食っても食っても、食いきれないほどの大金ですね」

と、相馬が言う。

鴨田が、くすっと吹き出した。

中藤は、相馬を見やり、笑いをおさえて、

「それだけの金を貸していたとすると、当然、金銭出納簿《すいとう》などがあったはずだがね」

「被害者本人が所持していたと考えられます。犯人が奪《と》ったものでしょう」

蟹沢は、そうこたえ、つづけて、

「家宅捜索のあと、その借用証文から三名の男に当たってみました。三名とも、ルミ子から金を借りており、利息も払っていたことを認めました。利息は、元本が百万円未満の場合は月五分《ぶ》、元本が百万円以上の場合は月三分だったそうです」

「利息が高すぎるんじゃないか」

久我が、蟹沢に目を向けた。

「闇金融には、十日に一割で、十一《といち》という利息もあります」

「利息制限法に抵触することになる」

と、久我が言い返す。

「ま、利息のことは、ともかくとして、金銭貸借の、もつれという線も考えられる」

と、佐藤が口を入れた。

「三十七枚の証文の主に当たる必要があります」

久我が声を大きくする。

「しかし、借用証文という証拠が残ることになるんですよ。それでも、ルミ子を殺すでしょうか？」

「うーん……」

蟹沢は、久我に疑問を投げかけた。

久我が、言葉に詰まって唸《うな》り声をもらす。

「いずれにしろ、金銭関係の、もつれの可能性がある。借用証文などから、その線も当たってください」

ちょっと声を大きくして、中藤が指示をする。

「ダイニングルームの電話台の引き出しから、名刺の入った箱が発見されております。名刺は約六百枚。客の名刺と推測されます。これらの名刺の主にも当たる必要があります」

と、黒田が発言した。

「六百人に当たるのは容易ではない。しかし、捜査は、あらゆる可能性を探らねばならない。捜査は無駄の積み重ねです。面倒でも、手分けをして当たってください」

中藤の語気が強まる。

そのとき、佐藤の前の電話が鳴った。手を伸ばして、受話器を取り、

「もしもし、佐藤です。……やあ、……しばらくですね。……ちょっと待ってくださいよ」

そう言うと、

「カニさん」

と、声をかけた。

蟹沢が立ってくる。

佐藤は、蟹沢に受話器を渡した。

梶谷三郎《かじやさぶろう》からの電話だった。蟹沢の先輩だし、元上司でもあった。三年前に、この北多摩署刑事課の課長代理を最後に定年になっていた。代理のころは警部で、定年時には警視に昇格している。所轄勤務もしたが、本部（警視庁）捜査一課の勤めが長く、三十五年間も捜査畑ばかり歩いてきた男だった。久我は、この梶谷の後釜《あとがま》ということになる。

蟹沢は、本部（警視庁）捜査一課の部長刑事、つまり、デカ長のころ、梶谷の下で働いている。そして、四十七歳で、やっと警部補試験に合格すると、東京都小平《こだいら》市にある関東管区警察学校の正科に入校し、四カ月の講習を経て、北多摩署刑事課の強行犯係の係長になったのだっ

た。係長になってからも、しばらくは、梶谷の下にいた。蟹沢も、捜査畑ばかり歩いてきているから、梶谷を見習い、薫陶《くんとう》も受けていた。

相馬は、警視庁警察学校を卒業すると、南神田《みなみかんだ》署の警邏《けいら》課に配置されて、神田駅前の派出所勤務に就《つ》いた。この勤務の二年間に、職務質問によって、指名手配中の強盗殺人犯人一人を逮捕し、そのほか窃盗犯など十五人を逮捕した。その実績を認められて、六カ月の刑事講習を受けた。そのあと、北多摩署の刑事補充要員となり、半年間、留置所の看守係をして、刑事になった。それから五年経《た》つ。最初の二年間は、梶谷の下で刑事として教育を受けているのである。

中藤にとっては、梶谷は優秀な部下であり、佐藤にとっては、たより甲斐《がい》のある課長代理だった。

蟹沢と相馬は、釣りをやる。梶谷も釣り好きで、多摩川で、よく竿《さお》を並べたものだった。梶谷の妻の直子《なおこ》は、島根県隠岐《おき》の出身で、いまも実家は、隠岐の西ノ島《にしのしま》にあった。そこで、梶谷は、定年になると、釣りが目当てで、西ノ島の船越《ふなこし》に引っ越したのである。節子《せつこ》という一人娘のいることも、蟹沢は知っている。「一メートルもあるマダイが釣れるんだ。釣りに来ないか」と誘われているが、蟹沢は、まだ果たしていなかった。

「代わりました。蟹沢です」

「じつは、節子が結婚したんだ」

と、梶谷が告げる。

「それは、おめでとうございます」

蟹沢は、あかるく言った。

「ところが、困ったことが起こってね」

「何が、あったんですか?」

みんなの視線が、蟹沢にあつまっている。

「おととい二十四日に、西ノ島、美田《みた》の〈シーサイドホテル〉で結婚式をあげた。節子の大学の同級生の神代美由紀《じんだいみゆき》さんも、わざわざ国立からやってきて出席してくれたんだがね」

「富士見台に屋敷のある、あの神代さんの娘ですか?」

「そう。住居は、カニさんの管内だ。美由紀さんは、二十三日の午後、〈シーサイドホテル〉にチェックインして泊まり、翌二十四日には、節子の結婚式に出てくれた。きのう二十五日も、〈シーサイドホテル〉に泊まる予定で、部屋に荷物を置いたまま、午前十時ごろ、観光が目的でホテルを出た。ところが、それきり姿を消してしまったんだ。西ノ島には、浦郷《うらごう》という港がある。そしてここに、島根県警浦郷警察署がある。この浦郷署の署員や消防署員らも捜してくれているんだが、いまだに消息も行方《ゆくえ》もつかめない。美由紀さんは溌剌《はつらつ》とした娘さんだ。自殺は考えられない。地元では、事故か事件に巻きこまれたと見ているが、わたしのカンでは、事件がらみだとおもう。事件に巻きこまれたとすると、その要因は、東京にあるんじゃないか、そんな気がするんでね」

「美由紀さんの家族には知らせたんですか?」

「ああ。父親の神代秀彦《ひでひこ》さんは、昼ごろ発《た》って、こちらに向かったそうだ。北多摩署に特捜本部のあることは知っている。忙しいのを承知で、たのむんだ。こちらへ来て手を貸してくれないか？」

「わかりました。署長や課長と相談します」

「たのむよ」

「はい」

蟹沢は、受話器を置くと、この梶谷の電話の内容を報告した。

「事件が発生したわけではない。娘さんが一人、行方知れずになっただけだ。地元の警察にまかせておけばいい。隠岐の島は遠い。わざわざ、こちらから出向かなくてもいいだろう」

聞きおわって、久我が言った。

「父親の神代秀彦さんは、高瀬ルミ子と肉体関係があったと推測されます。したがって、本件と関連の可能性があります」

蟹沢の声に力が入る。

「神代の血液型はO型だから、本件とは関係がないと言ったのは、カニさんだよ」

と、久我が言い返した。

「遠くたって、飛行機で行けば、速いんじゃないかね」

佐藤が口を出す。

「東京から隠岐の島への直行便はありません」

と、鴨田が言った。

「よく知ってるな」

　相馬は、鴨田に首をまわした。

「隠岐の西郷《さいごう》に親戚がいるんです」

「磯釣りのメッカだそうだね」

　と、相馬が言う。

「マグロが釣れるのかね？」

　と、佐藤が訊いた。

　久我が、苦虫を十匹ほど嚙《か》みつぶしたような顔になる。

「梶谷さんが、事件がらみと見ているんです。しかも、行方不明になっているのは、管内に在住の娘さんです。繰り返して申しますが、父親の神代秀彦さんは、高瀬ルミ子と肉体関係があったと推測されてます。本件との関連性も考えられます。……出張捜査の許可を、おねがいします」

　蟹沢は、大河原と中藤に頭を下げた。

「カニさんは、いつも横に歩くからねえ」

　中藤が苦笑をうかべて、大河原を見やる。

　蟹沢は、本部（警視庁）捜査一課にいたころから、一風変わった名物刑事で、組織捜査からはずれて、カニの横這いをするという評判をとっているのである。

　相馬も、並の刑事ではない。柔道三段、剣道二段で、強さは北多摩署随一と言われ、馬力は抜群、「ウマさんの馬鹿力」は、よく知られている。巡査部長の昇任試験を二度受けて、二度とも落ちているが、昇進など、まるで気にしない質だし、上司の言うことなども、いっこうに気にしない質《たち》で、「ウマさんの馬耳東風《ばじとうふう》」と「ウマさんの耳に念仏」も、よく知られているのである。

「わたしも行きます」

相馬は、きっぱりと言った。

「許可を出さないと、休暇をとるつもりだね？」

佐藤が、相馬に目を向ける。

「ここのところ、郷里《くに》のオフクロの、ぐあいがわるくて……」

相馬は、佐藤を見返した。

「ウマさんのオフクロさんは、よくぐあいがわるくなるからねえ」

佐藤の目が笑って、相馬を睨む。

「よし、わかった。カニさんとウマさんは、隠岐へ行ってくれ。島根県警には連絡をとっておく」

大河原の声が、ちょっと大きくなる。

「これから、神代家を訪ねて事情を聞きます。そして、あすの早朝、車で発ちます」

てきぱきと、蟹沢が告げた。

「結婚のお祝いは、どうしますか？」

相馬は、蟹沢に首をまわした。

「花嫁の友だちが行方不明になっているから、捜査に出張するんだ。お祝いどころの騒ぎじゃな

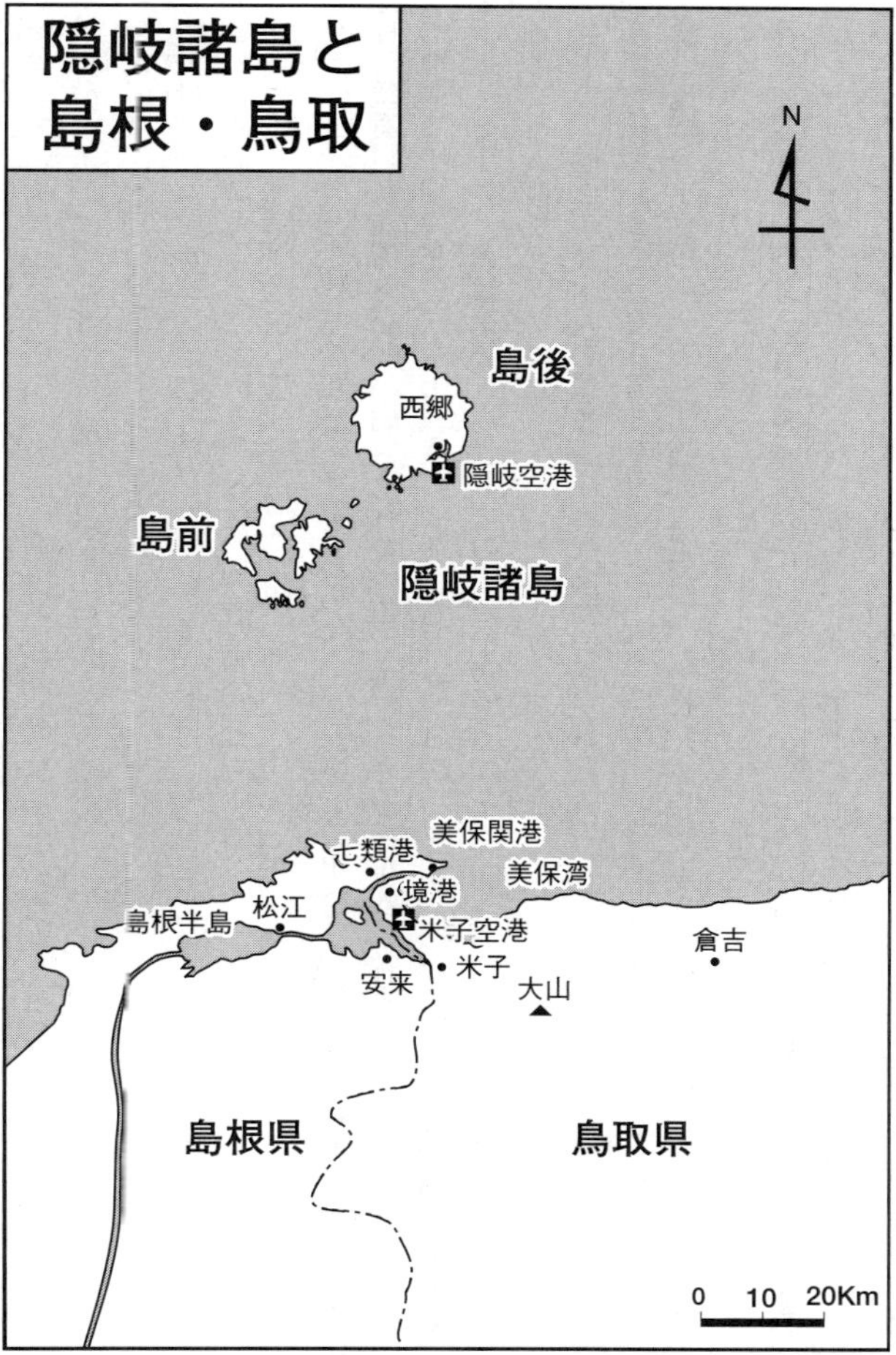
隠岐諸島と
島根・鳥取
N
島後
西郷
隠岐空港
島前
隠岐諸島
美保関港
七類港
美保湾
境港
松江
島根半島
米子空港
倉吉
米子
安来
大山
島根県
鳥取県
0 10 20Km

い」

久我が、ぴしゃっと言う。

「お祝いは、捜査の結果を見てから考えよう」

蟹沢は、おだやかに言った。

この捜査会議のあと、蟹沢と相馬は、捜査専用車で国立市へ走った。

まず、富士見台の交番に車を停めた。

交番には、担当地域の巡回連絡カードがあって、一般家庭用には、住所や所帯主の氏名、生年月日、職業、家族構成などが記入されている。生年月日から年齢も読める。

所帯主は、神代秀彦、六十二歳、会社役員。妻、神代小夜子《さよこ》、四十三歳。長女、神代美由紀、三十歳、会社員。鈴村徳子《すずむらとくこ》、六十歳、お手伝い。

このように記されていた。

住所は、国立市富士見台二丁目、となっている。

交番を出て、ふたたび車を走らせる。

富士見台二丁目に入った。閑静な住宅街で、街灯に照らし出された通りには、ほとんど人通りはない。

神代の屋敷は、刈り込まれた生け垣に囲まれていた。その生け垣の切れ目にガレージがあって、シャッターが下りている。その先に門があった。観音《かんのん》開きの大きな板張りの扉《とびら》が閉まっている。右わきに、くぐり戸があった。太い木の門柱に灯《ひ》が点《とも》っている。

その門の前に車を停めて降りる。

門柱の表札の下にインターホンがあった。

蟹沢が、ボタンを押す。

「どなたさまですか？」

と、女の声が訊いてくる。

「警視庁北多摩署の蟹沢と申します。お嬢さんのことで伺いました」

「しばらく、お待ちくださいまし」

そう言って、声がとぎれる。

間もなく、観音開きの扉が、左右に開いた。

門を入り、植え込みのあいだの敷石を踏んで奥へすすむ。玄関のポーチには、小さな玉石が敷きつめられていた。飛び石を渡る。

玄関は、ガラス入りの格子戸《こうしど》だった。

その格子戸が開いて、

「どうぞ」

と、六十がらみの小柄な女が請じた。

お手伝いの鈴村徳子、と見当がつく。

広い式台が木目を見せている。

「お上がりくださいまし」

通されたのは、式台の右手の応接室だった。十五畳ほどの広さで、ペルシャ絨毯《じゅうたん》が敷かれている。どっしりとした木製のテーブルを革《かわ》張りのソファーが囲んでいた。花台には、胡蝶《こちょう》ランが白い花を咲かせている。

「ただいま、奥さまがまいります」

徳子が、おじぎをして退《さ》がっていく。

じきに、神代小夜子が姿を見せた。

黒い艶《つや》やかな髪をオールバックにして、生《は》え際《ぎわ》と広い額《ひたい》を見せていた。鼻が高く、切れ長の目で、品のいい端正な容貌だった。口元や頰も形よく締まり、きりっとして理知的な感じがする。シルクのグレーのブラウスに黒のロングスカートの、すらっとした姿態には優雅さがあった。背丈は一六五センチくらいか。四十三という年より、五つ六つ若く見える。

「神代の家内でございます」

小夜子は、丁寧《ていねい》に頭を下げた。

「どうぞ、おかけください」

蟹沢と相馬は、ソファーに腰をおろした。テーブルをはさんで、小夜子と向かい合う。

「ご主人から何か連絡はありましたか？」

と、蟹沢が口を切る。

「いえ、まだ。心配しているのでございますが……」

小夜子は、その言葉どおりに顔を翳らせる。

「昼ごろ、お発ちになったそうですね？」

「ええ。車で出かけました」

「ご自分で運転を？」

「いいえ。梨本《なしもと》という運転手がおりますので……」

「お嬢さんは、美由紀さんですね？」

と、蟹沢が念を押す。

「はい」

「おいくつですか？」

「三十です」

「お勤めですか？」

「ええ。建物の総合管理会社に勤めております」

「美由紀さんが出かけられたのは、いつですか？」

蟹沢が、質問をつづける。

相馬は、だまって、小夜子の表情に目をそそいでいる。

「二十二日の朝、八時ごろでした」

「この一月二十二日ですね？」

「ええ」

「そのときの様子は、どうでした？」

「べつに変わった様子もなく、大きなバッグを持って出ました」

「車で出かけたんですか?」

「美由紀は運転をしません。二十四日に、隠岐の島の〈シーサイドホテル〉で、大学の同級生の、梶谷節子さんの結婚式があるので出席する、と聞いただけで、くわしいことは存じません。おわかりとおもいますが、わたしは、美由紀の義理の母親です。おたがいに干渉しないようにしておりますので」

表情は暗いが、言葉つきは、はっきりとしている。

「じつは、花嫁の父親の梶谷三郎さんは、わたしどもの先輩でしてね。三年前に北多摩署で定年になって、隠岐の西ノ島へ引っ越されたんです。梶谷さんから連絡をもらって、お伺いしたわけです」

「それで、お越しいただいたんですか」

「美由紀さんの写真、お借りしたいんですが」

「ちょっと、お待ちを」

小夜子が出ていく。もどってくると、

「これを、どうぞ」

そう言って、サービスサイズのカラー写真を差し出した。

蟹沢が手にして、目を落とす。

相馬も、覗きこむようにして目をそそいだ。

青い空と緑の丘陵を背景に、女性の上半身が写っていた。ショートヘアーの前髪を額に薄く飾っている。面長《おもなが》で、目鼻立ちが整っているが、のっぺりとした感じもする。表情は、あかるくて、赤いポロシャツが、よく似合っていた。二十五、六に見える。

――父親似だな。

蟹沢は、そうおもいながらも、きのう、父親の神代秀彦と会ったことは口に出さず、

「きれいなお嬢さんですね。背は、どれくらいですか？」

「一六八センチです」

と、小夜子がこたえる。

「スタイルも、いいんですね」

蟹沢は、そう言ってから、

「わたしたちも、あすの朝発って、隠岐に向かいます」

「ご面倒をおかけして申しわけございません。よろしくおねがいします」

小夜子は、また丁寧に頭を下げた。

二

――十月二十七日。

蟹沢と相馬は、午前六時に捜査専用車で北多摩署を出発した。

目立たない白のブルーバードである。蟹沢は、運転免許証を持っていないから、相馬が一人で運転することになる。

きょうは、島根半島の美保関町《みほのせき》まで走り、あすの朝、カーフェリーで隠岐に渡る予定であった。美保関の旅館も予約している。

甲州《こうしゅう》街道へ出て、新宿方向に走り、谷保《やほ》天満宮の前を通過、右折して下り、国立府中インターから中央自動車道に入る。料金所は、緊急車両通行券を提示して通った。

多摩川を渡る。

「しばらく、竿を出していないねえ」

蟹沢が、そう言いながら、流れを見やる。

下流の青柳《あおやぎ》の堰堤《えんてい》で、水面が広がって、左岸の水辺に数人の釣り人の姿が小さく見える。

「竿は持ってきてませんが、ウイスキーなら、バッグに入ってます」

相馬は、行手を見ながら言葉を返して、

「朝酒、やりますか?」

「助手席で飲んじゃ、ウマさんにわるいよ」

「遠慮しないでください」

「それより、朝飯だ」

「はい、了解」

左にそれて、石川《いしかわ》パーキング・エリアに入る。

ここで、蟹沢は、エビ天ソバを、相馬は、エビ天ソバとラーメンを腹におさめた。

八王子《はちおうじ》料金所も、緊急車両通行券を見せて通った。公用の場合は、名刺ほどの大きさの、この通行券で高速道路を走る。

しだいに山が近くなる。高尾《たかお》山の稜線を左に見て、小仏《こぼとけ》トンネルに入った。

「このトンネルの真上を歩いて、旧甲州街道を降りたことがあります。降りきったところが、ちょうどトンネルの出口でした」

と、相馬が言って、一六四二メートルの、このトンネルを抜けた。

「ウマさんは、よく山に登るからねえ」

「馬鹿と煙は、高いところへ昇ると言います」

左手に、相模《さがみ》湖の湖面が覗く。

「神代の奥さんは、いい女だねえ。美人というより、麗人だな。品がよくて優雅でね」

おもい出したように、蟹沢が言った。

「わたしの趣味じゃありません」

「ウマさんは、どんな女がいいんだね？」

「ふっくらとして、やさしい女性のほうが……」

「たしかに、あの奥さんに、やさしいという感じは、なかったね。きりっとして理知的でね。一見、情より理性が勝っているように見えるが、女は抱いてみないと、わからない。ツンとして、とりすました女が、抱いたとたんに、乱れて狂ったりするからね。淑女が、いきなり娼婦に変わるんだ。そのギャップが、男には、たまらないんだ」

「係長は、浮気をしたことがあるんですか？」

「おれだって、軽石亭主《かるいし》じゃない」

「軽石亭主って？」

「カカトするばかり」

大月《おおつき》JCTをすぎて、新笹子《しんささご》トンネルを抜ける。

運動神経がよくて、カンもいいから、相馬は、運転がうまい。走行が安定しているし、車線変更もスムーズだ。車の流れもスムーズだった。

須玉《すだま》インターを通過した。

右手に、偽八ヶ岳《にせやつたけ》と呼ばれる茅ヶ岳《かやたけ》を見送ると、前方に本物の八ヶ岳が見えてくる。左手には、甲斐駒ヶ岳《かいこまたけ》が、雄大な山容を見せていた。

「山が、きれいですね」

と、相馬が言う。

「ションベンが、したくなった」

山を眺めやりながら、蟹沢が言った。

「つぎのパーキング・エリアまで持ちますか？」

「大丈夫。前立腺肥大じゃない」

間もなく、八ヶ岳パーキング・エリアに入った。駐車場に降り立ち、建物に背を向けると、正面に八ヶ岳があった。赤岳《あか》や天狗岳《てんぐ》、横岳《よこ》が、くっきりと稜線を連ねている。

「ほう。八ヶ岳が近いねえ」

蟹沢が、そう言ってから、トイレに向かう。

相馬も、つづいた。車と車のあいだで足を止めて、

「あれっ？」

と、声をあげる。

「どうかしたのか？」

蟹沢も、立ち止まって振り向いた。

「この黒のローバーミニ、品川《しながわ》ナンバーで、大二郎《だいじろう》の車と似てるんです」

「うーん。大二郎か……」

蟹沢は、その車に目を向け、唸り声をもらしただけで、またトイレへ歩き出す。

二人は、並んで放尿した。蟹沢が、腰を振ってから、おさめる。相馬も、ブルージーンズのジッパーを引っぱりあげた。あやうく挟みそうになる。

トイレを出て、スナックコーナーに入る。

噂の大二郎が、椅子にすわって、紙コップのコーヒーを飲んでいた。

「よう」

相馬が、親しげに声をかける。

「やあ、ウマさん。あれっ、カニさんもいっしょ……」

大二郎が、なつかしそうに目を大きくする。

相馬は、黒のラグシャツだが、大二郎は、ブルーのジージャンにブルージーンズだった。ゆるやかにウエーブのかかった髪は、ジージャンの肩にとどきそうで、濃い眉《まゆ》と、一重《ひとえ》まぶたの切れ長の目が、きりっとしている。年は二十八と、相馬も蟹沢も知っている。

八島《やしま》大二郎は、泥棒だった。しかし、万引きやアキ巣などコソコソとした盗みはしない。

釣りは、「フナにはじまって、フナにおわる」と言われているが、泥棒の真髄は、「ノビにはじまって、ノビにおわる」と言われている。大二郎は、このノビであった。つまり、忍びこみである。じっくりとねらいをつけて、入念に下見をし、ひそかに忍びこんで仕事をする。ヌーと入って、スーと盗《と》り、トーと出てくる。だから、ヌスット。しかも、盗られて困るような貧乏人からは、ぜったいに盗まない。ちかごろは、被害届の出せない金ばかりをねらっている。

一年あまり前、大二郎は、北多摩署管内の宝石店に忍びこんで、金庫破りをした。ところが、開けたとたんに、その金庫から男の死体が転がり出たのだ。さすがの大二郎も、おどろきのあまり、懐中電灯を落としてしまった。そして気づかれ、二人のガードマンに取り押さえられたのだった。抵抗したら、居直《いなお》り強盗になり、ノビの沽券《こけん》にかかわるから、抵抗しなかったのである。

この事件で、大二郎を北多摩署に連行し、留置して、取り調べに当たったのが、蟹沢と相馬であった。

ところが、大二郎は、相馬が宿直の晩に逃げたのである。仮病《けびょう》を使って近くの病院に運ばれると、相馬のスキを見て、トイレの窓から逃走したのだった。

大二郎にしてみれば、殺人の容疑をかけられたから、ノビのメンツもあって逃走したのだが、当然、相馬の責任問題になった。部下のエラーは上司の責任でもある。久我は、相馬を叱責《しっせき》しながらも、「殺人の容疑者に逃げられるとは。……ああ、なんたることだ。神も仏もないものか、天は、われを見放したか」そう言い、天をあおいで、いや、刑事部屋の天井をあおいで嘆いたものだった。

しかし、大二郎は、逃走後、ひそかに相馬と連絡を取り合って、ついに真犯人を挙《あ》げたのである。この事件で、犯人検挙に協力したことになり、家宅侵入罪だけで送致され、起訴猶予になって、釈放された。

こうしたわけで、刑事と泥棒は、その一件を機会に友情の絆《きずな》で堅く結ばれ、その後も、相馬は、大二郎の協力を得て、張り込みをつづけたり、情報を交換しあったりして、二件の殺人事件を見事に解決しているのである。

「おまえは、ノビだ。下見に念を入れて、忍びこみのルートや、逃走ルートを研究している。頭は、けっしてわるくない。おまけに、手先は器用だし、足も速い。よく考えて、手も足も洗い、堅気《かたぎ》になって、どこかへ就職したら、どうだ？」

相馬は、そう言って、諭《さと》したことがある。

すると、大二郎は、堅気になって、錠前屋に就職した。しかし、半年ほど一生懸命に勤めて、どんな金庫でも開けられるようになると、その錠前屋を辞《や》めて、相馬を、あきれさせたのだった。

蟹沢と大二郎のかかわりは、もっと因縁《いんねん》めいている。

大二郎の父親、八島太一《やしまたいち》は、「昭和の怪盗」とか「日本のルパン」と呼ばれるほどの、ノビの名手だった。この太一を窃盗の現行犯で逮捕したのが、蟹沢である。

もう二十年あまりも前のことだ。当時、蟹沢は、荻窪《おぎくぼ》署の刑事課にいて、平刑事だった。そのころから、ねばり強い捜査には定評があり、何十日も張り込みをつづけて、ついに太一を逮捕したのだった。ところが、太一は、現行犯の一件を供述しただけで、いっさい口を割らなかった。

蟹沢は、連日、女房に弁当を作らせて、太一に差し入れた。ちょうど年末から正月のころだったから、刑事部屋のストーブで餅《もち》を焼いて食わせたり、規則違反を承知で、ヤカンで酒の燗《かん》をして、ひそかに飲ませたこともある。

熱い茶でも飲ませてやろうと、ストーブの上にヤカンを載せて、湯を沸かしていたとき、

「この煮え湯を、おれに、ぶっかけたら、おまえは逃げられる。やるなら、やってもいい。おれは責任を取って、刑事を辞める」

蟹沢は、そう言ったことがある。

そうした蟹沢の誠意や人情味のある計《はか》らいが、やがて、太一の胸を開かせ、八百件にも及ぶ窃盗を供述したのである。

太一は、四年六ヵ月の懲役刑を受けて、府中刑務所に服役した。それから三年目に仮出獄したおりには、蟹沢を訪ねている。そのとき、二人は、出所祝いで一杯やったものだった。

ところが、それから二年後に、太一は、ふたたび大阪で窃盗をやって逮捕され、こんどは懲役

六年の刑を受けて、千葉刑務所に収監され、その服役中に病死しているのである。

大二郎は、二代目の泥棒だ。政治家の二世は、やたら多いが、泥棒の二世は、めったにいない。貴重な存在なのである。蟹沢に言わせると、「親父の代からの血統書付きの由緒正しき泥棒」ということになる。

――「住所や服装は目立ってはならない。下見には念を入れろ。いかなることがあっても、人を殺傷してはならない。犯跡を残すな。盗みに大欲をかいてはならない。盗んだ金を派手に使うな。強盗《タタキ》や強姦《ツッコミ》は馬鹿がする」

大二郎は、父親の口から、こう聞かされている。だから、いまでも、この教訓を忠実に守り、父親が亡くなったあとも、親孝行をしているのである。

「こんなところで何してるんだ、パーキング・エリアの売上げ金でも、ねらっているのか？」

相馬が、にこっと笑いかける。

「大きな声を出さないで。そんなケチな仕事するわけないだろう」

大二郎は、苦笑をもらして、相馬を睨み返した。

「そういえば、被害届の出せないような金ばかり、ねらっているんだったな」

「そうそう、大金持ちの裏金ばかり。おれは、平成の、ネズミ小僧次郎吉《じろきち》だからね」

「イタチ小僧の屁《へ》ェ吉《きち》じゃないのか」

「犯跡は、屁の臭いだけか」

蟹沢も、笑いながら口を出す。

「カニさんまで。……それはないよ」

大二郎が、蟹沢に目を移して、吹き出しそうな顔になる。

「屁の臭いは、証拠にならないからな」

と、相馬が言った。

「警察犬は嗅覚が鋭いんだろ。追わせてみたら」

大二郎が言う。

「屁の臭いは消えるし、現場で刑事が屁をこいてみろ。いくら優秀な追及犬でも、どうにもならない」

「屁をこいた刑事のケツに噛みついたりしてね」

「まじめな話、どうして、ここにいるんだ？」

と、相馬が真顔になる。

「ドライブに来たんだ。朝早くなら、高速道も空いてるだろ。八ヶ岳の紅葉でも見ようとおもって」

「へーえ。ドライブがてらに紅葉見物か。優雅だなぁ」

「うん。おれは優雅にやってるよ。自由業だからね」

「おいおい、泥棒は自由業か」

「またまた、ウマさん……」

と、大二郎は笑いをこらえて、

「ところで、二人そろって、どうしたの、こんなところで？」

「隠岐へ行くところだ」

「島根県の隠岐の島？」

「そう」

「あんな遠いところまで釣りに？」

「そうじゃない。おれたちは優雅じゃないんだ。自由業じゃないからな」

「隠岐の島で、何かあったんだね？」

大二郎の表情が締まって、目つきが興味ありげになる。

「おまえには関係ないことだ」

「そんな言い方、水臭いよ。ウマさんとおれの仲じゃないか。……カニさんだって、オヤジの代からの付き合いなんだし」

「うちの管内の娘さんが、隠岐の島で行方不明になっているんだ」

と、蟹沢が告げる。

「海に、おっこちたとか？」

大二郎は、蟹沢に目をそそいだ。

「そうかもしれんが、いまのところ、手がかりはない」

「だけど、二人で、はるばる出かけて行くんだから、普通の家の娘さんじゃないんですね？」

「ま、そういうことだ」

「どういう家の娘さんですか？」

「首を突っこむなよ」

「わかってます。金持ちの娘さんなんですね」

「国立の富士見台に、神代という屋敷がある。そこの娘さんだ」

「行方不明だけじゃなくて、事件が、からんでいるんでしょう？」

「おまえ、カンがいいな」

と、相馬が口を入れた。

「刑事《デカ》になれる？」

大二郎が、相馬に目をもどす。

「泥棒が刑事になれるわけないだろ」

「ウマさん、またまた。……泥棒だなんて、人聞きがわるいんだから」

大二郎は、また苦笑をもらして、相馬を睨み、

「おれも、隠岐の島へ行こうかな」

「よしたほうがいい。島根県警に、おまえを、東京の泥棒です、と紹介出来ないんだから」

「はっははは……」

と、蟹沢が笑い声をあげて、

「おれたちは先に行く。ま、ゆっくり紅葉をたのしんでくれ」

「隠岐は遠いんだから気をつけてね。ウマさん、居眠り運転はヤバイよ」

大二郎が、親身な声を出す。

「捜査会議じゃ居眠りしても、運転中は居眠りしない。おまえも気をつけろよ」

相馬も、大二郎に声を返す。

駐車場へ出た。大二郎も出てきて、

「へーえ。覆面パトカーか」

「これは、捜査専用車。泥棒を追っかけてるの」

そう言いながら、相馬が車に乗りこむ。

「そう言われると、逃げないと、わるいような気がするな」

と、大二郎が言い返した。

午前七時四十分。大二郎に見送られて、このパーキング・エリアを出た。

小淵沢《こぶちざわ》インターをすぎると、登りになった。登坂《とうはん》車線の大型トラックを追い抜いて、中央自動車道最高の、標高一〇一五メートルの地点を通過する。

「ガソリンを入れていきます」

諏訪《すわ》インターを通りすぎてから、相馬が言った。

諏訪湖サービス・エリアに入る。

「係長も、ガソリンを入れますか？」

「いや。宿についてから、ゆっくり入れるよ」

「それじゃ、わたしは牛乳を。ここの、うまいんです」

相馬は、まず高原牛乳で胃袋を満タンにしてから、ガス・ステーションに車を乗り入れた。窓を開けて、エンジンを切る。

「現金ですか？」

と、店員が訊いた。

「借金で満タン」

と、蟹沢が言う。

「ええっ？」

店員の目が丸くなる。

「現金で、レギュラー、満タン」

と、相馬が言いなおした。

このサービス・エリアを出る。

岡谷《おかや》ＪＣＴで、長野自動車道を北に分けて、南へ中央自動車をすすむ。

「梶谷さんから送ってもらった隠岐のパンフレットや地図を、あらためて見たんだがね」

行手に目を向けながら、蟹沢が、言葉をつづけて、

「隠岐は、島根半島の北東の日本海に浮かぶ群島だ。半島からの距離は、およそ四〇キロから八〇キロだそうだ。沖合いにあって、一番大きく、ほぼ円形の島が島後《どうご》で、半島寄りの知夫里《ちぶり》島、西ノ島、中《なか》ノ島《しま》の三島が、島前《どうぜん》と呼ばれている。この四島をふくめて、約百八十の小島があるそうだ」

「後醍醐《ごだいご》天皇が流された島ですよね」

と、相馬が口を出す。

「そう。昔は流人《るにん》の島だったんだね。西ノ島には、後醍醐天皇ゆかりの黒木《くろき》御所跡があるし、中ノ島には、後鳥羽《ごとば》上皇御火葬塚がある」

「カモさんは、飛行機の隠岐への直行便はない、と言ってましたね」

「うん、そのとおりだ。隠岐空港は島後にあるが、直行便は、大阪と米子《よなご》、出雲《いずも》だけでね。東京から飛行機を使うとなると、まず米子か出雲、大阪へ飛ぶ。そして、さらに隠岐へ飛ぶことになる。船なら、鳥取の境《さかいみなと》港か、島根半島の七類《しちるい》から渡る。カーフェリーもあるし、高速船もある。

……神代さんは、きのうの昼ごろ、車で発ったと、奥さんが言っていたが、きのうの夜中に境港か島根半島に着き、今朝、カーフェリーで西ノ島へ渡るんだろう」

「娘さんの行方不明を聞いて、居ても立ってもいられなくて、車で飛び出したんでしょうね」

「父親の身になれば、心配でたまらないからね」

伊那《いな》インターを通過すると、右手にははるかに木曽駒《きそこま》ヶ岳《たけ》や空木《うつぎ》岳が望まれてくる。車の走行が少なくなった。行手に一台も車が見えない。路面が照り返しで光っている。

「車が、いなくなったよ」

と、蟹沢が言った。

「後ろに二台います」

相馬が、ルーム・ミラーに目をはしらせる。

「トイレ、大丈夫ですか？」

「ウマさんほど膀胱《ぼうこう》は、でかくないが、まだ大丈夫だ」

駒ケ岳サービス・エリアを通り抜ける。

阿智《あち》パーキング・エリアを通過して、短いトンネルを抜け、園原《そのはら》インターを通りすぎると、八四八九メートルの恵那《えな》山トンネルに入った。

「ほう。行けども行けども、トンネルがつづくね。長いねえ。よく掘ったもんだ」

蟹沢が嘆声をもらす。

「モグラも顔負けでしょう」

相馬が言葉を返す。

やっと抜けた。

雲が多くなる。

土岐《とき》インター、多治見《たじみ》インターを通過して、小牧《こまき》JCTから、名神《めいしん》高速道路に入ったのは、午前十時だった。

車の走行が多くなる。

「腹の虫は、どうかね？」

「もう一時間ほど走ります」

関ケ原《せきはら》インターをすぎる。米原《まいばら》JCTで、北陸自動車道を北に分けて南下する。

多賀《たが》サービス・エリアで、ちょうど、十一時。ここで、蟹沢はカレーを、相馬は、カツカレーを腹におさめた。車にもどる。

　大津《おおつ》サービス・エリアを通過して、京都盆地を走り抜けた。大阪の吹田《すいた》ＪＣＴから中国自動車道に入る。

　午後零時四十五分。西宮名塩《にしのみやなじお》サービス・エリアで車を停めた。蟹沢は日本茶を、相馬は、特大の肉マンを二個腹に詰めこんだ。

　午後一時三十分、兵庫県の加西《かさい》サービス・エリアを通過。

　午後二時二十分、岡山県の勝央《しょうおう》サービス・エリアに入り、二人で連れション、熱いコーヒーを飲んだあと、ガス・ステーションでガソリンを補給。

「中央道は青空だったのに、こちらは天気がわるいな」

「はるばる来たんですから、天気も変わりますよ」

　頭上には、灰色の低い雲が垂《た》れこめている。

　落合《おちあい》ＪＣＴで、この中国自動車道をそれて、米子自動車道を北上する。四一〇〇メートルの摺《すり》鉢山《ばちやま》トンネルを抜けると、とうとう雨になった。

　蒜山《ひるぜん》高原サービス・エリアに入って、

「大山《だいせん》が見えるはずです」

と、相馬が車を出る。

　蟹沢も降りた。

　しかし、細い雨で視界が煙って、大山は望めなかった。

日本海まで、五〇キロの地点を通過する。

米子インターを降りるころには、雨が上がっていた。米子市街を走り抜けて、国道四三一号線を北上する。ときどき、松林のあいだから海が覗いた。

「おおっ。あれが日本海か」

蟹沢が、はずみぎみの声をあげる。

境港市に入り、さらに北上すると、船の行き交いの多い境水道に出た。鳥取県と島根県を空高く結ぶ境水道大橋を渡って、美保関町に入る。国道四三一号線を右にそれた。美保関灯台の方向へ走る。

午後四時五十分、今夜の宿〈明神館《みょうじんかん》〉に着いた。一階の駐車場に車を停めて、二階のフロントに上がる。

通されたのは、四階の和室だった。

窓辺にテーブルセットが置かれている。

「やれやれ、どっこいしょ」

蟹沢が、どかっと椅子に腰をおろした。

相馬が、テーブルにウイスキーのボトルを置く。

二人は、窓の外に目を向けた。

足下に港があった。漁船が船首をこちらに向け、船腹を合わせるようにして並んでいる。その向こうに防波堤が張り出して、長く横たわっていた。そして、その向こうの海原《うなばら》の彼方に、大山が青く、どっしりとした山容を見せて、なだらかに裾《すそ》を引いていた。

「ほう。あれが大山か。はるばる遠くへ来たもんだ」

蟹沢が、嘆声をもらして、

「ガソリンを入れる前に報告しておくか」

と、腰をあげる。

北多摩署の刑事課に電話をかけた。

「いま、どこにいるんだね？」

佐藤が出て訊いてくる。

「美保関の宿です。予定通り到着しました」

「海の近くだね？」

「目の前が海です」

「それじゃ、今夜は、新鮮な海の幸か。うまいものが食えるねえ」

佐藤が、うらやましそうな声を出す。

「島根県警から、何か連絡はありましたか？」

「こちらから電話で連絡をとった。神代美由紀さんは、まだ行方不明で、捜索を続行しているということだ」

「わかりました。あすの昼ごろには、西ノ島の浦郷に着き、浦郷署を訪ねる予定です」

「よし。浦郷署にも直接連絡をとっておく」

「おねがいします」

蟹沢は、受話器を置いた。

相馬が、冷蔵庫を開けて、ビールを取り出している。

三

——十月二十八日。

午前八時半、蟹沢と相馬は、捜査専用車で、〈明神館〉を出発した。

美保湾の、おだやかな海面に薄陽が射《さ》している。

きのう来た道を引き返して、境水道大橋のたもとを通過する。右折して、七類トンネルを抜けた。緑のあいだを走って、ゆるやかに坂を下ると、海辺へ出た。駐車場には、乗用車やワゴン車、トラックなどが並んで停まっている。その先に、七類港ターミナルビルがあった。近代的な新しい建物だ。岸壁には、貨物船やカーフェリーなど大型船が接岸していた。

岸壁寄りに車を停めて、ターミナルビルに入る。

広いフロアの右手に、隠岐汽船のカウンターがあった。

そのカウンターに歩み寄る。

島前の知夫里島の来居《くりい》港を経て、西ノ島の浦郷港行のカーフェリー〈おきじ〉は、九時二十分発であった。

運転者の相馬は、まず車輛航送の手続きをする。自動車航送申込書に、航送の区間や航送年月日、航送船名、旅行の目的、車の番号、車検証による車の長さ、幅、高さなどを書き入れた。警察手帳と車検証を提示し、航送運賃を払って、整理券をもらう。それには、相馬の名前が大きく書かれていて、「安全運転のため、積み込みは運転手の方一人でおねがいします」と記されていた。

つぎに、蟹沢が、隠岐汽船乗船名簿に書き入れる。乗船月日、カーフェリーや高速旅客船の船名、上陸地、氏名、年齢、性別、住所、旅行目的、船室の等級などを記入する欄があった。車輛航送の運転手は、二等室だから、蟹沢も、二等運賃を払う。

この七類から隠岐まで、カーフェリーは約二時間あまりかかるが、高速旅客船〈レインボー〉なら約一時間で着く。しかし、〈レインボー〉には自動車が乗らないし、七類港発は、十五時十五分であった。

この手続きをすませてから、あらためてロビーや待合室に目をくばった。大型のクーラーや竿《さお》ケース、大きなタモアミなどを持った釣り客が多い。

『JR西日本CUP、隠岐島前、釣り大会』

と、記された看板が、ロビーの中ほどに立っていた。わきに机を置いて、若い女がすわっている。

蟹沢が、短い足でセカセカと歩み寄る。相馬は、大股につづいた。

「どうぞ」

若い女が、パンフレットを二枚差し出す。

二人は、手にして、目を落とした。
四、五歳の坊やとマダイが並んで写っていた。坊やが、自分より大きなタイの尻尾《しっぽ》を持って、ぶら下げているようにみえるけど、となりのおじちゃんが、もっているんです」と子どもらしい文字で書かれていて、「体長一〇五センチ、重量一三キロ」と書きくわえられている。
ぼくが、もっているように見える。「——ぼくより、おおきいのが、つれました。このしゃしんは、

「うーん。一メートルものマダイが釣れるというのは、ほんとなんだねえ」

蟹沢の口から唸り声がもれる。

「でっかいなあ」

と、相馬が嘆声《たんせい》をあげた。

「開催は、十一月十六日までです。参加チケット、いかがですか?」

若い女が、にこやかに声をかけてくる。

「残念だが、竿を持ってこなかったんでね」

蟹沢は、その言葉どおり、残念そうな声を出した。

「間もなく、九時二十分発のカーフェリー〈おきじ〉の乗船がはじまります……」

隠岐汽船の放送が告げる。

蟹沢と相馬は、このターミナルビルを出た。

〈おきじ〉の白い巨大な船腹が近くにあった。船尾が四角い口を大きく開けて接岸している。

相馬が、捜査専用車に乗りこんだ。係員の誘導で、大型トラックのあとについて、船尾の積み込み口へ車を乗り入れる。

蟹沢は、それを見届けてから、ビルのロビーへ引き返した。階段を上がり、通路を渡って、〈おきじ〉に乗りこむ。

〈おきじ〉は、旅客定員、約九百名、車輛積載数、乗用車、約七十台のカーフェリーである。

二等室に入る。

通路の左右が広間になっていて、船腹側に窓があり、貸し毛布や洗面器などの入った棚で仕切られていた。三、四人で、すわっている客もいれば、寝ころがっている客もいる。

間もなく、相馬が、この船室に入ってきた。

「デッキへ出るか」

と、蟹沢が声をかける。

階段を上がって、船尾のデッキへ出た。並んでベンチに腰をかける。

潮風が頬を撫でる。蟹沢が、タバコをくわえた。エンジンの音が聞こえて、ごくわずかな船体の震動が伝わってくる。下のデッキの船員たちの動きが、あわただしくなった。解かれた舫《もや》いロープをウインチで巻きあげる。エンジン音が大きくなって、船腹が岸壁を離れた。

ボォー、と汽笛が鳴る。

防波堤の突端と岬のあいだを通り抜けて、七類湾を出る。

日本海は、深い藍《あい》色だった。おだやかな海原が、はるか彼方まで広がっている。水平線は照《て》りかすんでいた。

「昔、青函《せいかん》連絡船に乗ったとき、イルカの群れが船といっしょに走ってくれてね。たのしかったが、ここには、イルカは、イルカね？」

蟹沢が、そう言いながら、目を細めて海面を眺めやる。

「クジラが、いるかも知れませんよ。目の前で潮を吹いてくれると、たのしいんですけどね」

まじめな顔で、相馬が言った。

「人間のメスでも、潮を吹くのがいるそうだよ」

「へーえ。すると、船の中で潮を吹くんですか」

ベンチを立って、船腹の欄干《らんかん》へ歩く。

「あれが、〈レインボー〉だな」

蟹沢が、行手を見やる。

相馬も、首をまわした。

高速船〈レインボー〉が、水煙を吹きあげながら、海面を飛ぶように近づいてくる。白い船腹の七色の虹の模様が、あざやかだった。

「双胴船に見えるな。スクリューで走ってるんじゃないね」

蟹沢が言う。

「ウォーター・ジェットだそうです」

相馬が声を返す。

境港を目指しているのだろう、すれちがって、見る見るうちに、遠ざかっていく。

「風が冷たいね」

「中へ入りますか」

二等室にもどる。靴を脱いで広間へ上がった。蟹沢が寝ころがる。相馬は、あぐらをかいた。

知夫里島の来居港へ着いたのは、十一時三十分だった。

また、デッキへ出る。

大型クーラーや竿ケースを持った釣り客たちが、ゾロゾロと降りていく。岸壁から小さな船着き場が張り出していた。そこに釣り船が三艘《そう》、船首を並べている。釣り客たちが、つぎつぎに乗りこんでいく。このカーフェリーが、車の積み降ろしをしている五分ほどのあいだに、その三艘は港を出、白波を蹴立てて沖へ走り去っていった。

「うーん。釣り師たちの意気込みが伝わってくるねえ」

釣り船を見送りながら、蟹沢が唸り声をもらす。

間もなく、この来居港を出た。

右手には、中ノ島が、行手には、西ノ島が望まれる。

浦郷港着は、十二時五分であった。

蟹沢は、先に降り、相馬の運転する車を待って、乗りこんだ。

島根県警浦郷警察署は、この港の観光船乗り場の近くにあった。玄関の前の駐車場の一端が船着き場になっている。

駐車場に車を停めて、玄関に入った。

受付カウンターで、若い巡査が、こちらに顔を向けていた。

蟹沢が、警察手帳を提示して、来意を告げる。

「こちらへ、どうぞ」

若い巡査が、立って請じる。

カウンターのわきを通り、廊下を右へすすむ。

「こちらで、お待ちください」

若い巡査が、左手のドアを開けた。

応接室だった。テーブルをソファーが囲んでいる。窓から海が見えた。

じきに、私服の二人の男が姿を見せた。五十年配の小太りの男が、刑事課の小泉《こいずみ》課長で、四十半ばで長身、よく日焼けしている男が、強行犯係の船田《ふなだ》係長であった。

紹介し合い、名刺の交換をする。それから、向かい合って腰をおろした。

「神代美由紀さんの捜索は、どうなっていますか？」

蟹沢は、単刀直入に切り出した。

「残念ながら、行方不明のままです。きょうは午前中、ヘリで空からも捜索しましたが、手がかりは何も発見しておりません。それに、きょうは海がおだやかなので、海からの捜索を、とくに念入りにやっております」

と、小泉課長がこたえた。

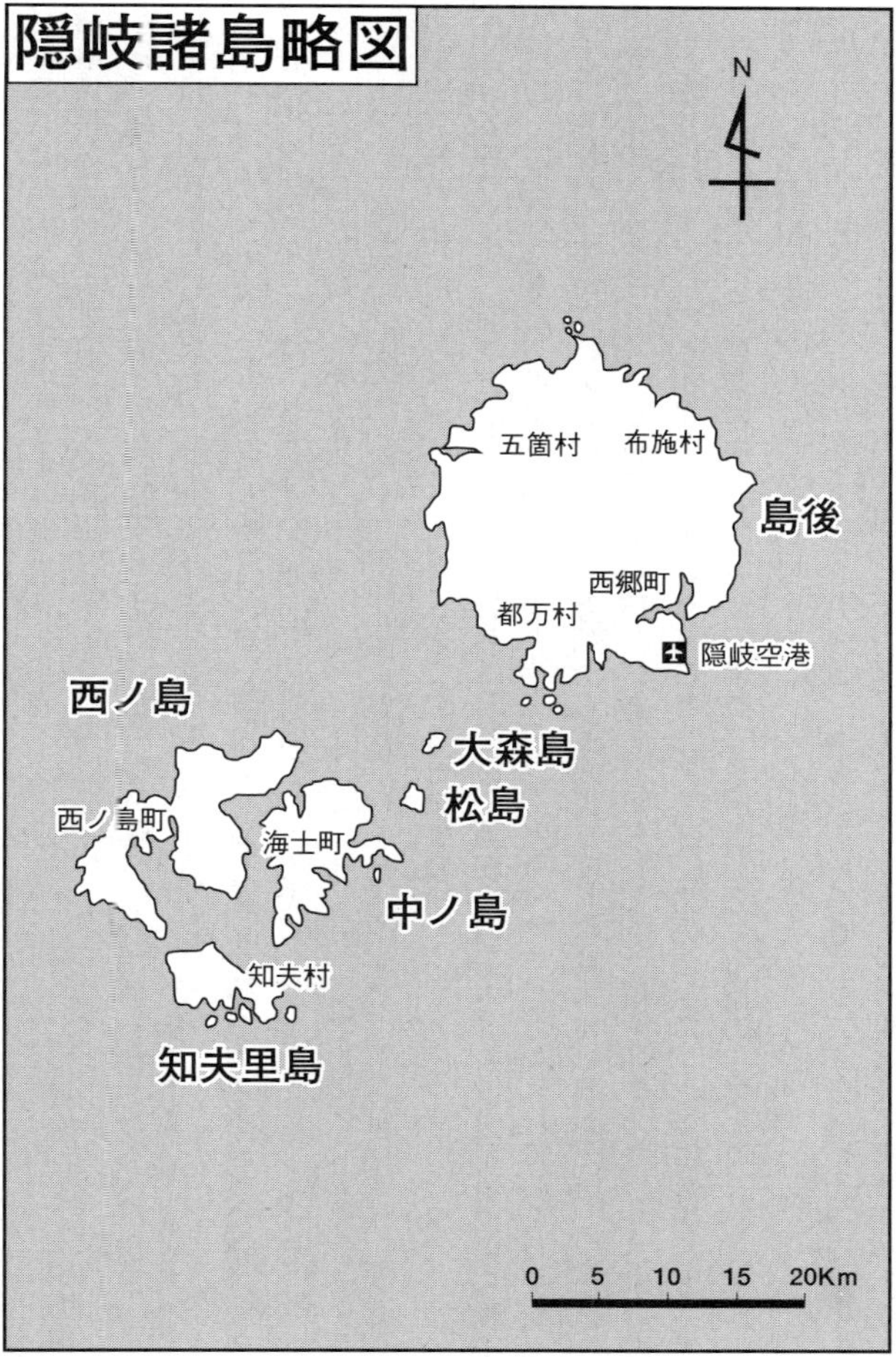
隠岐諸島略図
N
五箇村
布施村
島後
西郷町
都万村
隠岐空港
西ノ島
大森島
松島
西ノ島町
海士町
中ノ島
知夫村
知夫里島
0
5
10
15
20Km

「隠岐は、はじめてですか？」

船田係長が訊いてくる。

「ええ。梶谷さんから、釣りに誘われてますが、なかなか暇がなくて……」

蟹沢は、船田に目を向けた。

「梶谷節子さんの結婚式に、大学の同級生ということで、神代美由紀さんが来られたわけですが、花嫁の父の梶谷さんは、警視庁でも指折りの捜査官だったそうですね」

「ええ。わたしどもの大先輩です」

蟹沢は、そう言葉を返して、

「美由紀さんの父親の神代さんは、こちらへ来ておられますね？」

「ええ。きのう、十二時五分着のフェリー〈おきじ〉で、運転手の梨本さんと乗用車で来られました。ここに寄ったあと、美田へ走り、〈シーサイドホテル〉にチェックインしてから、夕刻まで捜索にくわわっておられました。きょうも朝から捜索をしておられます。娘さんは、おひとりということで、神代さんのご心痛は、よくわかります。わたしどもも精一杯やっております。課長とわたしは、蟹沢さんと相馬さんが来られることもあり、連絡係として、ここに待機してますが、ほとんどの署員は、捜索に出ております。消防署と観光協会にも協力してもらってます」

船田が、てきぱきと告げる。

「行方不明になるまでの、美由紀さんの足どりを、おしえてもらえませんか？」

「二十三日の午後二時すぎに、湯山徹《ゆやまとおる》、三十歳と二人で、〈シーサイドホテル〉にチェックインしております。湯山さんは、高校の同級生で、ボーイフレンドということです。湯山さんの、多摩ナンバーの乗用車でホテルに到着しています。チェックインして、ツインルームに入ってからは外出しておりません」

「美由紀さんは、一人で来たんじゃなかったんですね」

「そうです。ところが、翌二十四日の午前十時ごろ、湯山さんひとりが、チェックアウトしております。そして、多摩ナンバーの乗用車で、この浦郷発十二時二十分のフェリー〈おきじ〉に乗船、七類着十七時三十五分に下船しています。このことは、隠岐汽船の自動車航送申込書で確認しております。〈シーサイドホテル〉に残った美由紀さんは、同ホテルで、午後一時から梶谷節子さんの結婚式に出席し、披露宴では花嫁の友人代表としてスピーチをしております。はきはきとして上手なスピーチだったそうです。その夜は、ホテルのツインルームで宿泊。部屋を替わらなかったということです。そして翌二十五日ですが、その夜も、同ホテルに泊まる予定で、荷物を部屋に置いたまま、午前十時ごろ、ホテルを出てます。フロント係の供述によると、そのとき、美由紀さんは、——きょうは、西ノ島を見物して、あしたは、島後に渡る、と言っていたそうです。したがって、この西ノ島の観光が目的でホテルを出たことになります」

「すると、二十五日の午前十時ごろ、ホテルを出たきり、足どりが、とだえたということですね」

　蟹沢が、念を押す。

「そうです」

船田は、小さく顎を引いた。

相馬と小泉は、二人のやりとりを、だまって聞いている。

「ホテルを出たときの着衣は？」

蟹沢が、船田に質問をつづける。

「これも、フロントの供述ですが、黄色のショートコートに茶色のパンツで、茶革のショルダーバッグを持っていたということです」

「この島から出たとは考えられませんか？」

「それは考えられません」

船田は、きっぱりと言って、

「島を出るには、フェリーか、高速船に乗らねばなりません。乗船名簿を調査し、船員にも当たりましたが、美由紀さんは乗っておりません。〈いそかぜ〉という島前内航船もあります。この船に乗れば、中ノ島の菱浦《ひしうら》や、知夫里島の来居に渡れます。父親の神代さんから、美由紀さんの写真を借りました。身長は一六八センチと聞いております。スタイルがよくて、美人です。それに、黄色のショートコートですから、目立つはずです。島の娘ではなく、観光に来た娘さんと一目でわかります。〈いそかぜ〉の船員にも当たりましたが、だれも見かけておりません」

「島めぐりの観光船には乗っていませんか？」

「この島の国賀《くにが》海岸や東国賀から、中ノ島の三郎岩《さぶろういわ》や菱浦をめぐる観光船はありますが、運航期間が、五月一日から八月三十一日までですから、いまは運航しておりません。この島の町営バスや定期観光バスの運転手やガイド嬢にも当たりましたが、何の手がかりも得ておりません」

「行方不明になってから、きょうで四日目になりますね」

「そうです。この島を、ほとんどくまなく捜索しました。とくに観光スポットは入念に捜索しております」

「観光スポットで、危険なところはありますか？」

「観光ルートを歩いている分には、危険はありませんが、ルートからはずれると、危険がないとは言いきれません。たとえば、この島の西側の国賀海岸です。船越《ふなこし》から三度崎《みたべ》に至る約七キロの海岸ですが、この一帯は日本海の風波に削りとられて、断崖や岩礁《がんしょう》、洞窟などが連なっております。とくに、摩天崖《まてんがい》と呼ばれる地点は、海面からの標高が二五七メートルで、ほとんど垂直の絶壁です」

「落ちたら、たすかりませんね」

「ええ。自殺者の出たこともあります。しかし、ほとんど垂直の断崖絶壁でも、多少の出っ張りはあります。遺体が、その出っ張りに引っかかっていて、収容するのに苦労しました」

「引っかからずに海面にまで落ちて、潮流で流されることだってあり得ますね」

「ええ。それも考えて捜索しています。漁協にも協力してもらっております」

船田は、そう言い、つづけて、

「一わたり島をごらんになりますか？」

「これから、〈シーサイドホテル〉に行きます。梶谷さんと会う手筈《てはず》になっておりますので」

「ホテルまで案内しましょう」

「どうぞ、おかまいなく。地図がありますから」

と、蟹沢は頭を下げ、

「何か手がかりがありましたら、電話をおねがいします。携帯電話を持っておりますので」

そう言って、電話番号を告げる。

「承知しました」

船田が、会釈を返す。

島の捜索

一

　蟹沢と相馬の乗る捜査専用車は、浦郷警察署の駐車場を出た。小さな岬の突端をまわって、浦の谷の集落を通り抜けると、右に美田《みた》港を見て北上する。船引《ふなびき》運河を渡った。船越の集落をすぎると、こんどは、美田港を右に見ながら南下する。

〈シーサイドホテル〉は、この美田港に面して建っていた。ブルーの屋根に白い外壁のモダンな四階建てだった。玄関の前の駐車場の端に船着き場があって、レジャーボートが二艘、船首を並べている。

　駐車場に車を乗り入れて停める。

　車を出た。

　白のワゴン車の隣に、多摩ナンバーの黒のベンツが停まっている。

「神代さんの車だな」

蟹沢が、そのベンツにギョロ目を向ける。

「そうらしいですね」

相馬も、目をそそいだ。

玄関から、ロビーに入る。

奥にフロントがあった。海に面した窓辺に、ソファーやテーブルが並んでいる。

梶谷は、こちらに顔を向けて、ソファーにすわっていた。

六十三歳である。白髪まじりの頭髪を角刈りふうに短く刈りこみ、いくらか顎の張りぎみのところは、蟹沢と似ているが、蟹沢より鼻が高かった。まるで漁師のように日焼けしている。

「やあ、来てくれたか」

梶谷が、親しげに顔を和《なご》ませる。

「しばらくです」

と、蟹沢は頭を下げた。

相馬が、だまって、おじぎをする。

二人は、梶谷と向かい合って、ソファーに腰をおろした。

「お嬢さんのご結婚、おめでとうございます」

と、蟹沢が言った。

「節子が、やっと片付いて、ほっとしたんだが、電話で話したとおり、めでたくないことが起こってしまってね」

隠岐・西ノ島略図

N
摩天崖
国賀海岸
摩天崖スカイライン
イザナギ浦
船引運河
耳耳浦
通天橋
国賀浦
赤尾スカイライン
美田港
485
黒木御所跡
別府港
浦郷港
西ノ島シーサイドホテル
鬼舞スカイライン
海士港
菱浦港
焼火神社
焼火山
0 10 20Km

梶谷の表情が暗くなる。

「駐車場の、多摩ナンバーの黒のベンツは、神代さんの車ですね？」

「そう。神代さんは、きのうから、ここに泊まっている。四〇七号室、ツインルームだ。美由紀さんが泊まっていた部屋でね。荷物は、そのまま残っている。運転手は、梨本吉雄《よしお》さん、五十歳。三階のシングルの部屋に泊まっている。ふたりは、このホテルの船をチャーターして海から捜索している。わたしも、午前中は、鳥海《とりうみ》の船で捜索したが、何もつかめなかった」

梶谷が、元刑事らしく、てきぱきと告げる。

「鳥海の船というのは？」

と、蟹沢が訊いた。

「節子の婿の家の船だ。婿は、鳥海洋一《よういち》、三十七歳。大阪でサラリーマンをしていたが、七年前に、この島へもどってきて、家業をついだんだ。オヤジさんは、鳥海定男《さだお》、六十五歳。元は製薬会社の社員で、東京にいたが、二十年ほど前に釣り好きが高じて脱サラし、親戚が、この島にいたので、ここで、ペンションや釣り具店をはじめた。いまは、釣り船も出している。オフクロさんは、初代《はつよ》、六十歳。夫婦ともに元気だ。……節子は、東京でOLをしていたんだが、二年前に、ここへ来て、漁協に勤めるようになった。そして、洋一くんと知り合って親しくなったわけだ」

「いま、節子さんと花婿は、どちらへ？」

「ヨーロッパ旅行で、イタリアにいる。きのうも、節子から電話がかかってきて、家内が受けたが、美由紀さんのことは話していない。節子たちは、二十四日の披露宴のあと、島後の西郷に渡り、ホテルで一泊して、二十五日の朝、隠岐空港から、大阪へ飛んでいる。だから、美由紀さんの行方不明を知らない」

「知ったら、せっかくの新婚旅行が、たのしくなくなりますからね」

「あいつのことだ。知ったら、いそいで帰ってくるだろう」

「どうして、事件がらみと、おもわれたんですか？」

「嫌《いや》な予感がするんだ。無事とは考えられない」

「殺されたとでも？」

「その可能性はある。この隠岐は、山地が多く、海岸は急傾斜地か断崖で、平地は少ない。農業だけでは、やっていけないから、半農半漁になる。観光も大きな財源だ。冬は風が強くて海が荒れるから観光には不向きだが、冬を除けば、気候は温和で夏も涼しい。観光には適しているし、釣りのメッカでもある。島の人たちは、観光客を大事にするし、釣り人のために大会もやる。危害をくわえるとは、とても考えられない。そういうことをするのは、島へやってきた余所《よそ》者ということになる。美由紀さんは東京の娘さんだ。事件がらみだとすると、東京に繋《つな》がりがあるのではないか、そう睨《にら》んだわけだ」

「危害をくわえるとしたら、東京から来た男、そう睨んだということですね？」

蟹沢が、念を押すように問いかける。

「ま、そうだ」

と、梶谷が顎を引いて、

「美由紀さんは、二十五日の午前十時ごろ、このホテルを出たきり、足どりが消えている。そこで、二十四日の晩、東京から来て、ここに泊まった男を調べた。四人いた。二人は水産会社の社員で出張とわかった。一人は釣り人で、二十五日の早朝、ホテルの船で沖へ出ている。あとの一人は、名前が北岡健《きたおかけん》、年は三十七歳、職業がカメラマンで、住所は、杉並《すぎなみ》区上荻《かみおぎ》二丁目、となっている。身長一七〇センチくらいで、がっしりとした体格。黒ブチのメガネと、鼻の下の髭《ひげ》が印象的だったそうだ。顔立ちは整っていたと、フロントは言っている。北岡は、二十三日の午後一時ごろ、この島の別府《べっぷ》でレンタカーを借りている。むろん、そのときには、運転免許証を見せている。そして、その日の午後五時ごろ、このホテルにチェックインしている。チェックアウトしたのは、二十五日の午前九時半ごろだそうだ。ここに二十三、二十四と二泊して、美由紀さんより一足先に、このホテルを出たことになる。レンタカーを返したのは、二十五日の午後二時ごろだそうだ」

「その北岡という男が問題ということですね？」

「うん。引っかかることは、ほかにもある。二十四日の晩、美由紀さんは、ホテルのバーでカクテルを飲んでいた。窓辺のテーブルにすわっていたそうだ。そこへ北岡がやってきて、美由紀さんに声をかけ、向かい合ってすわると、スコッチのストレートを飲みはじめた。それから間もなく、美由紀さんは立って出ていったそうだ。バーテンの供述によるものだがね」

「面識が、あったということになりますね」

「そうだ。もう一人、ちょっと引っかかる男がいる。婿側の招待客で、南原広史《なんばらひろし》、六十五歳。鳥海が製薬会社にいたころの同僚だそうだ。いまの住所は、東京の国分寺《こくぶんじ》市東恋ケ窪《ひがしこいくぼ》でね。この南原は、美由紀さんがスピーチをしたとき、――あれが神代の娘か、そう言ったかとおもうと、酒をガブ飲みし、ひどく悪酔いしていたそうだ」

「神代さんに何か恨《うら》みでもあるんですかね」

「さあ、いまのところは、わからない。神代さんに訊《き》いてないんでね。南原には直接、当たったほうがいいだろう」

「二十五日の南原の行動は？」

「二十三日の晩から、鳥海のペンションに泊まっていて、二十四日は結婚式に出席、二十五日は、鳥海の案内で、この島の観光、二十六日に帰っている」

「鳥海さんに当たったんですか？」

「いや。小さな島のことだ。それくらいのことは、わかる」

「浦郷署の船田係長は、美由紀さんが、この島を出たとは考えられないと言っておりますが、その点は、どうですか」

「船田さんの言うとおり、この島を出た形跡はない」

「国賀海岸の摩天崖は、観光スポットとしては、危険なところだそうですね」

「うん。断崖絶壁だからね」

「見たいですね」

「よし、案内しよう」

「その前に腹ごしらえをしませんか」

相馬が、はじめて口を出した。

「そういえば、昼飯まだだったな。先輩は？」

「わたしも、まだだ」

三人は腰をあげた。

フロントの前を通って、レストランに入る。

海の見えるテーブルにすわった。

「さあ、何を食べますか」

相馬が、メニューを手にする。

「魚が、うまいよ、新鮮でね。船着き場でも釣れるんだから」

梶谷が、目尻の皺《しわ》を深くする。

「それじゃ、刺身をいただきますか」

相馬は声をはずませた。

三人は、タイやヒラマサなどの刺身と、ヒオウギ貝の炊き込みご飯を腹におさめた。

蟹沢と相馬が、チェックインをする。案内をされたのは、三階のツインルーム、三〇三号室だった。

このあと、三人は、このホテルを出た。

捜査専用車に乗りこむ。相馬は運転席に、蟹沢と梶谷は、リアシートにすわった。

「浦郷の港へ」

と、梶谷が指示する。

「はい」

相馬の返事と同時に走り出した。

来た道をもどる。

蟹沢は、〈バーのママ強盗強姦殺人事件〉の捜査の経緯を、梶谷に、くわしく話した。

「すると、神代さんは、被害者の高瀬ルミ子と肉体関係があったということだね」

聞きおわって、梶谷が言った。

「わたしは、そう睨んでます」

蟹沢の言葉つきに、よどみはない。

「だとすると、そのママ殺しの一件は、美由紀さんの行方不明と何か関連があるのかね」

「いまのところ、何とも言えませんが、関連の可能性はあります」

船引運河を渡り返して、美田港を左に見ながら南下する。浦の谷の集落を通り、小さな岬の突端をまわって、浦郷の港に入った。

「まっすぐ行ってくれ」

梶谷が、相馬に声をかける。

「はい、了解」

浦郷警察署や観光船乗り場、漁協の前を通過した。由良《ゆら》の集落にかかる。

「その先を右にまがって、道なりに」

「はい」

右折した。家並みが、とぎれて、畑や木立のあいだの道を曲折しながら、ゆるやかに登っていく。イザナキ浦へ向かう道を右に分けて、摩天崖スカイラインをすすむ。視界が大きく開けて、草原に出た。

摩天崖駐車場に入る。

マイクロバスと乗用車が停まっていた。

三人は、車を出た。

「風が冷たいね」

蟹沢が、そう言って、コートを羽織《はお》る。

潮風が吹き渡っていく。

相馬は、ヤッケを引っかぶった。梶谷も、ジャンパーを着る。

草原は、台地状の広がりを見せていた。ところどころに白い枯れ木を林立させている。そして、草原の縁《へり》の彼方《かなた》には、青い海原《うなばら》があった。

「こちらだ」

梶谷が、先に立つ。

休憩所の小さな建物の前を通って、海に向かってすすむ。芝や草の上に牛や馬の糞《ふん》が落ちている。草原の切れ目には、柵が連なっていた。

その柵の手前に、『大山隠岐国立公園、摩天崖』と白い文字で記された木柱が立っている。

案内板も立っていて、

『このあたりの海岸は国賀《くにが》海岸と呼ばれています。一帯の台地は、長年にわたる放牧や強い北西の季節風などにより、芝を中心とする草原となっています。このなだらかな草原と荒々しい断崖地形がおりなす景観は他に類のないすぐれたもので、国立公園に指定され、保護されています。土地の古老たちは、この特異な地形を、「くんが」と呼んでいます。これは、「陸処《くんが》」からきたものので、「国賀」の語源になっています。国賀海岸には、海面から二五七メートルも垂直にそそり立つ断崖「摩天崖」や、雄大な岩の架《か》け橋「通天橋《つうてんきょう》」、二〇〇メートルにもおよぶ天然トンネル「明暗《あけくれ》の岩屋」、荒々しい玄武岩の岩肌が見られる「鬼が城」など、景勝地が連続して見られます』

このように記されていた。

三人は、柵を前にして、摩天崖の上に立った。

しかし、柵の向こうには、草むらや灌木《かんぼく》の茂みが、せり出していて、足下に落ちる一枚岩状の断崖は見えなかった。

左手を眺めやると、草原が小さな岬のように張り出していて、その草原の縁から、ほとんど垂直の岩壁が海面に切れ落ちていた。その裾を白波が洗っている。そして、その先の通天橋の方角には、波間から、大きな岩塊が、いくつも屹立していた。

ここから、通天橋の近くの国賀浜まで、懸崖にそって、一・五キロの遊歩道が降りている。しかし、その遊歩道に人影はなくて、草を食《は》む馬が三頭、小さく見えるだけだった。

雄大な自然に気圧されるように観光客の姿は目立たない。

「観光客が少ないですね」

遊歩道に目を向けながら、蟹沢が言った。

「観光シーズンは、五月のはじめから八月の末まででね。観光船の運航も、その期間だけだ。九月は、まだしも、この時期には少なくなる」

と、梶谷が言葉を返す。

「この摩天崖で、自殺者の出たことがあるそうですね」

「うん。海まで落ちた者もいるが、途中で引っかかった者もいる。断崖の途中で引っかかると、遺体の収容が、むずかしい。島だから、海難救助隊ならいるが、断崖絶壁を登り降りする山岳救助隊はいないからね。栃木《とちぎ》県警の山岳救助隊に、たのんだことがあるそうだ」

「どうして、栃木県警なんですかね？」

蟹沢が、腑に落ちない顔になる。

「栃木県には、日光《にっこう》があります。華厳滝《けごんのたき》は自殺でも有名です。山岳救助隊は、遺体の収容に慣れているんじゃありませんか」

と、相馬が口を入れた。

「うーん、なるほど。さすがは、ウマさん、山にくわしいね。高いところへ登っても、馬鹿じゃないわけだ」

　蟹沢が首をまわして、相馬に笑いかける。

「ここには、馬と牛がいるだけで、鹿はいません」

　相馬も、長い顔を和めた。

「そう言えば、ウマさんの親戚はいても、鹿はいないね」

と、梶谷も笑みを見せる。

「この摩天崖の捜索は、とくに入念にやったんでしょうね？」

　蟹沢は、足下に目をもどした。

「ああ。警察も事故が起こるとしたら、このあたりと見たんだ。船から捜索したし、ヘリコプターも飛ばした。きょうも、神代さんは、ここを中心に探しているはずだ」

「船が見えませんね」

「断崖に船を寄せると、ここからは見えない」

「しかし、自殺でなかったら、この柵を乗り越えて転落するとは考えられませんね」

　蟹沢は、その柵に目をそそいだ。丸太を横に三段に連ねて、おなじ丸太の支柱で立っている。高さは腰の上まであって、一見、木製に見えるが、コンクリートで出来ていた。

　相馬が、支柱と横の丸太を両手で押してみて、

「ビクともしません」

「うん、頑丈《がんじょう》に出来てるね」

と、蟹沢は小さく顎を引いて、

「乗り越えられないことはないが、美由紀さんには、そんなことをする動機がない」

「きょうは西ノ島を見物して、あしたは島後に渡る、そう言って、ホテルを出ている。島の見物なら、観光タクシーを使うだろう。ところが、タクシーの運転手に当たっても、だれも美由紀さんを乗せていない。ということは、だれかの車に便乗したものと考えられる」

と、梶谷が言う。

「北岡健という男が、また浮かびあがってきますね」

「うん。レンタカーを借りているし、二十四日の晩は、ホテルのバーで、美由紀さんに声をかけている。そして二十五日の朝は、九時半ごろ、チェックアウトをして、美由紀さんより三十分ほど前にホテルを出ている」

「北岡が、ホテルを出てくる美由紀さんを待っていて、誘って乗せたとすると、その時点で、足どりは消えますね」

「そういう可能性はある。美由紀さんは、きれいな娘さんだ。男なら、ちょっかいを出したくなるだろう。北岡も、美由紀さんを口説いた。ところが、美由紀さんは拒《こば》んだ。そこで、無理矢理に犯して殺し、死体を遺棄した。証拠はない。あくまで、おれの推理だがね」

「この島のまわりは、断崖が多いんでしょう?」

「ああ。ここは、国賀海岸だが、この島の北東部、耳耳浦《みみ》の一帯は、東国賀海岸と呼ばれている。ここほど、スケールは大きくないが、それでも、断崖や洞窟などが、八キロほども、つづいている」

「断崖から投げ落としたとすると、途中で引っかかるか、海に落ちて潮で流されますね」

「ま、そういうことになる。島後の西郷には、海上保安署がある。そこから、巡視艇が出て、潮流の捜索をしているし、漁船にも協力してもらっている。海は広いから捜索も容易ではないが、断崖の捜索も容易じゃない。岩肌ばかりでなくて、緑の部分もある。灌木の茂みもあれば、草や苔《こけ》も生えている。いまの時期は、ツワブキの黄色い花が咲いている」

「美由紀さんの着衣は、黄色のショートコートでしたね」

「そうそう。それに茶色のパンツだ。茶色は岩の色と似ている」

「海と断崖を重点的に捜索してきたということですか？」

相馬が口をはさんだ。

「ほかの観光スポットも捜索している。後醍醐《ごだいご》天皇の行在所《あんざいしょ》の黒木《くろき》御所跡や焼火《たくひ》神社もね。後鳥《ごと》羽上皇《ばじょうこう》が、暗夜の海上で遭難しかけたとき、御神火《ごしんか》に導《みちび》かれて命拾いをしたという伝説のあるのが、焼火神社だ」

と、梶谷が伝える。

「遊歩道を降りてみますか？」

相馬は、蟹沢に声をかけた。

「国賀浜まで、一・五キロだね」

蟹沢が、また遊歩道に目を向ける。

「そうです」

「降りて登り返すのか」

「そういうことになります」

「ちょっと、しんどいな」

と、梶谷が告げる。

「この遊歩道一帯の捜索も、念入りにやっている。それに、車でも国賀浜に降りられる」

三人は、駐車場にもどった。車に乗りこむ。

「来た道をもどると、右に行く道がある。そこをまがって」

梶谷が指示する。

「はい」

相馬の返事で、摩天崖スカイラインを引き返す。

「娘さんの行方不明で、神代さんは、それこそ摩天崖から突き落とされたような気持ちだろうね」

ぽつりと、蟹沢が言った。

Uターンするように右にまがって、ゆるやかに草原や樹林のあいだを下る。立ち枯れの白い木が目立つ。国賀浦へ出た。海面が狭まって小さな入り江になっている。右折して、海辺ぞいに崖の上を走ると、国賀浜駐車場に着いた。

車を出て、遊歩道を降りる。ひっそりとしたレストハウスの前を通り抜けると、左手の草原の裾に砂浜があった。国賀浜である。観光船の船着き場が、小さく張り出している。さらに遊歩道をすすむと、通天橋眺望所に出た。

『前方の壮大な岩の架け橋が通天橋です。アルカリ玄武岩《げんぶがん》の溶岩が、長年の風波により侵食されて出来たもので、その絶景は、まさに自然の造形の妙と言えるでしょう』

こう記された案内板が立っていた。

そして、目の前に、その通天橋が、ゴツゴツとした岩肌をあらわにして、大きく立ちはだかっていた。海面に張り出した岩塊に、ぽっかりと穴が開いて、その穴の下を白波が噛《か》み、その向こうには青い海原が覗いている。

「でっかい岩のアーチですね」

眺めながら、相馬が言った。

「巨大な岩が、海に一歩踏み出して股を開いたように見えるね」

蟹沢が、そう表現する。

「岩の股を覗くのならいいが、女の股座《またぐら》を覗くような不埒《ふらち》なヤツがいるから、娘さんが行方不明になったりするんだ」

と、梶谷が言った。

「先輩は、そのような事件と見ているんですね」

「うん。うちの節子の結婚式に出てくれた娘さんだから、つらいよ」

梶谷の声音が沈痛になる。

左手には、天上界《てんじょうかい》と呼ばれる岩礁帯があった。岩柱や岩塊が、いくつもニョキニョキと鋭角的にそそり立っている。そして、一際高く仏像をおもわせて屹立しているのが、かんのん岩であった。

通天橋の沖に白い船があらわれた。白波を蹴って、天上界の方向へ走っていく。

「あれが、浦郷署の救難艇だ」

と、梶谷が告げた。

遊歩道を登り返して、駐車場にもどる。

「西ノ島は、蝶が羽《はね》を広げたような形で東と西に分かれていて、中央の胴体の部分が、くびれている。この中央部の細くくびれたところに、船引運河があって、内海の美田港と外海とを一直線に結んでいる。運河の長さは三四〇メートルで、幅は一二メートルだ」

車のリアシートにすわって、梶谷が言った。

「車で上を渡ってきた運河ですね」

相馬が、運転席から声を返す。

「そう。西側の大きな港が浦郷で、東側の大きな港が別府だ。この二つの港には、カーフェリーや高速船の船着き場がある」

「北岡は、別府でレンタカーを借りたんでしたね」

梶谷の隣で、蟹沢が言った。

「ああ、そうだ」

「それじゃ、別府へ走りますか」

「この国賀の南には、まだ観光ルートがある。赤尾《あかお》スカイラインと鬼舞《おにまい》スカイラインだ。まず、そこを見てから、別府へ走ろう」

梶谷の指示で走り出す。

海岸から離れて、国賀トンネルをくぐり、由良の集落にもどった。こんどは、南下して海辺をすすむ。赤《しゃく》ノ江《え》の集落で右折して海を離れた。曲折しながら、ゆるやかに登って、赤尾スカイラインに入る。草原の中の舗装路を走っていく。標高二四八メートルの地点を通過すると、赤尾展望所に着いた。

眺望が大きく開けて、日本海の青い大海原が茫洋《ぼうよう》と見える。北のほうを眺めやると、国賀海岸が、緑の台地となって海に張り出していた。

このあたりは、放牧の馬が多かった。観光客に慣れているのか、近寄っても逃げない。

相馬は、本物の馬と、おたがいに長い顔を突き合わせた。相馬は、にこっと笑いかけたが、本物の馬は笑わなかった。

このあと南下して、鬼舞スカイラインを走った。視界の広い高原の中の道である。車と行き交《か》わないし、人影もなかったが、牛が、のっそりと道を横断した。

引き返して、赤ノ江、由良、浦郷の港を通過する。船引運河を渡ると、船越を通り抜けて、美田に入った。左折して、山間《やまあい》の道を東へすすむと、別府へ出た。町並みを走って、港に入る。隠岐汽船乗り場の駐車場に車を停めた。

二階建ての建物があって、一階が、待合室や観光案内所、みやげものなどの売店になっている。

売店の店先に、「エサつき五百円」と書かれた貸し竿が束《たば》になって立っていた。

「ここで釣れるんですか？」

相馬が、ちょっと目を丸くする。

「船着き場でも釣れると言ったろ」

と、梶谷が笑みを見せる。

三人は、船着き場の縁へ歩いた。足元に目を落とす。水が澄んでいて、海底の岩が、ゆらめいて見える。小さな魚影が群れていた。

「あ、いる、いる」

相馬の声が、たのしげになる。

「小アジかね」

蟹沢の声も、あかるくなる。

向かい方にも、船着き場が張り出していた。そこにも、二階建ての建物があった。

「あそこにも、待合室や売店があるんだ。それに、レンタカーの会社もね」

その建物を見やって、梶谷が告げる。

「すると、北岡は、あそこで、レンタカーを借りたんですね」

蟹沢も、目を向けた。

「そうだ」

「レンタカー会社には当たったんですね？」

「ああ、もちろん」

梶谷は、小さく首を縦に振って、

「ところで、どうだね、西ノ島の印象は？」

「魚が濃いですね。釣りのメッカであることは、よくわかります。草原が広がり、馬や牛が放牧されていて、のどかですが、外海に面した岸辺は、一変して断崖が連なり、きびしいですね。ま、だいたいの様子は、つかめました」

と、蟹沢が言う。

そのとき、蟹沢の上着のポケットで携帯電話が鳴った。取り出して、耳に当て、

「はい、そうです。……はぁ、いま、別府港にいます。はい、はぁ。……わかりました」

そう言葉を返し、電話を切ると、相馬に目を向けて、

「船田係長だ。捜索の手がかりは何もないということだが、〈シーサイドホテル〉へ来られるそうだ」

「それじゃ、もどりますか」

駐車場にもどって、車に乗りこむ。

「きょうも、手がかりなしか」

リアシートで、梶谷が表情を暗くする。

相馬は、アクセルを踏んだ。

来た道を走って、美田に引き返す。

〈シーサイドホテル〉に着いた。

玄関から、ロビーに入る。

海に面した窓辺のソファーに、船田係長の顔があった。

三人が歩み寄る。

「お待ちになりましたか？」

蟹沢が声をかけた。

「いや、来たばかりです。ついさっき、神代さんも帰って来られて、部屋へ上がりました。着替えて降りてくるそうです」

と、船田が言う。

三人も、ソファーに腰をおろした。

「署に入った報告によると、いまのところ、残念ながら、美由紀さんに関する手がかりはありません」

船田が、あらためて告げる。

「摩天崖と通天橋を見て、赤尾スカイラインと鬼舞スカイラインを走ってきました」

と、蟹沢も告げた。

「摩天崖をごらんになって、どうおもわれました？」

「柵は頑丈に出来ています。突き落とすのは、まず無理でしょう。見物に来て、柵を乗り越えるわけはありませんしね」

「しかし、観光スポットの中では、いちばん危険なところです。あしたも、署の艇を出します。海から捜索なさっては、いかがですか？」

「おねがいします」

と、蟹沢が言った。

そのとき、神代秀彦が姿を見せた。

ゆるやかにウエーブのかかった白髪まじりの頭髪を、きれいに撫でつけている。背すじも、しゃんと伸ばしていた。チェックのシャツに白のベストを重ねている。だが、顔には憔悴《しようすい》の色を滲《にじ》ませていた。目のまわりを黒ずませている。

蟹沢と相馬は、この二十五日に、西新宿二丁目へ足を運び、〈神代ビル一号館〉の十四階の事務所で、神代と会っているのである。

神代は、蟹沢と相馬が来たことを、船田から聞いているのだろう。おどろいた気配を見せずに軽く会釈をした。

二人は立って、会釈を返した。

「お宅へ伺って、奥さまに、お会いしてから、こちらへ来ました。ご心痛、お察し申しあげます」

と、蟹沢が挨拶をする。

神代は、船田の隣に腰をおろした。

蟹沢と相馬、梶谷が、テーブルをはさんで向かい合う。

「お子さんは、美由紀さん、おひとりですか?」

蟹沢は、おだやかに問いかけた。

「いえ、兄がおります」

神代が、蟹沢と視線を合わせる。

「奥さまの話では、美由紀さんは、二十二日の朝八時ごろ、お宅を出られたんだそうですね?」

「ええ」

「そして、二十三日の午後二時すぎに、このホテルにチェックインされております。ところが、そのとき、美由紀さんは、ひとりではなく、湯山徹さんといっしょだった。ふたりは、湯山さんの乗用車で、ここに来てます。奥さまから、湯山さんの名前を聞いておりません。いっしょだったことを、ご存じでしたか?」

「いえ。ここへ来て、はじめて知りました」

「湯山さんは、どういう方ですか?」

蟹沢が、質問をつづける。

「美由紀と高校のころの同級生です。フリーターで定職がありません。美由紀に結婚をせまり、美由紀も同意したようですが、わたしは、強く反対しております。定職のないような男と結婚させるわけにはいきません」

神代の声音が冷たくなる。

「ところが、翌二十四日の午前十時ごろ、湯山さんだけが、チェックアウトして先に帰ってしまった。これは、どういうことですか？」

「わたしには、わかりません」

「湯山さんの住所を、ご存じですか？」

「立川《たちかわ》の羽衣《はごろも》町と聞いております」

「立川市羽衣町ですね」

と、蟹沢が念を押す。

「ええ」

「何丁目か、わかりますか？」

「二丁目、と聞いたおぼえがあります」

「美由紀さんの部屋は、四〇七号室のツインルームで、神代さんも、そこに泊まっておられるんですね？」

「ええ」

「美由紀さんの荷物は、どうなってますか？」

「部屋にあります」

「どんな荷物ですか？」

「大きなバッグです」

「中を、ごらんになりましたか?」

「ええ」

「何が入ってました?」

「結婚式に出席したときの服とか、そのほかにも衣類や洗面用具、化粧品など、いろいろです。しかし、どうして、そんなことまで訊くんですか?」

神代が、むっとした顔になる。

「詮索癖《せんさくへき》は職業柄《がら》です。失礼しました」

蟹沢は、頭を下げた。

「あしたは、どうなさいますか?」

と、船田が問いかける。

「車を使って捜します」

神代は、船田に目を移した。

「美由紀さんは、どういう趣味をお持ちですか? たとえば、音楽鑑賞とか……」

と、相馬が訊く。

「活発な娘でしてね。夏はマリンスポーツ、冬はスキー。最近は、スノーボードに夢中です。山登りもやります」

神代は、相馬に目を向けた。

「そういえば、ウマさんは、山登りが得意だったな」

と、梶谷が口をはさむ。

「岩登りも、やるんですか？」

神代が、相馬を見つめる。

「ええ。やります」

「摩天崖をザイルで降りて捜索出来ますか？」

「ザイルでは無理です。海面からの標高が二五七メートルの岩壁では、普通のザイルでは届きません。たとえ繋《つな》いだところで、降りても登り返すのは、容易ではありません。山岳救助隊なら、上にウインチを据えつけて、ワイヤーロープで登り降りするとおもいますが……」

「山岳救助隊を呼べませんか？」

神代が、船田に目をもどした。

「どの地点とわかれば、出動を要請しますが、いまのところ、どことも見当がつきませんので……」

と、船田が言葉を濁す。

「それでは、これで」

そう言っただけで、神代が立っていく。後ろ姿を見せてエレベーターに乗りこんだ。

「北岡健という男は、このホテルで、二十三、二十四と二泊してますね」

蟹沢は、船田に話しかけた。

「ええ。わたしどもも、北岡をマークしています。二十三日の午後一時ごろ、別府でレンタカーを借りて、二十五日の午後二時ごろに返しています。いままでの捜査では、美由紀さんと接点のある唯一の男です。このホテルのバーで、美由紀さんに声をかけて、おなじテーブルにすわっているんですからね。当然、レンタカーの会社に当たりましたし、借りた乗用車も鑑識に調べさせました。応対した社員の供述によると、車を返しにきたとき変わった様子はなかったということですし、車内からも、血痕や精液など検出されておりません」

船田が、てきぱきとこたえる。

「島根の山、という本を見たことがあります」

と、相馬が切り出し、言葉をついで、

「焼火山《たくひさん》が、その本に出てました。標高四五〇メートルほどの低山ですが、山頂まで登山道がついているそうですね」

「ええ。たしかに登山道はあります。焼火神社は観光のスポットですから、その登山道も捜索しました。しかし、道の両側からササヤブや灌木が、かぶさってきているような状態で、あまり登られていないことが、わかっただけでした」

と、船田が言う。

「美由紀さんは山登りをやります。あまり踏まれていない登山道でも登る可能性があります。それに、ササヤブや灌木が茂っていると、五、六メートル先に倒れていても、発見出来ない場合もあります。捜索の跡を掘り返すようで、わるいんですが、あらためて捜索したいとおもいます。美由紀さんの着衣も残っておりますので、警察犬の出動をおねがいします」

相馬は、語気を強めて頭を下げた。

「わたしからも、おねがいします」

蟹沢も、言葉をそえる。

「わかりました。県警本部に連絡をとりましょう」

と、船田は顎を引いた。

二

――十月二十九日。

蟹沢と相馬が泊まっている〈シーサイドホテル〉の三〇三号室に、船田係長から電話がかかってきたのは、午前七時ごろであった。

「昨晩、県警本部と連絡をとり、焼火山の登山道捜索のために警察犬一頭を借りることになりました。本部縦で運ばれてきて、こちらに到着するのは、午前九時半の予定です。十時ごろには、警察犬を連れてホテルへ伺います」

と、船田が告げた。

「わかりました」

蟹沢が、言葉を返す。

「美由紀さんの着衣のことなど、神代さんの了承を得ております。梶谷さんへの連絡は、蟹沢さんから、おねがいします」

「はい、承知しました」

蟹沢は、受話器を置くと、この電話の内容を相馬に話した。そのあと、梶谷に電話をかける。

二人が、支度《したく》を整えて、三〇三号室を出、エレベーターで一階に降りて、ロビーに入ったのは、午前九時二十分だった。

間もなく、梶谷がやってきた。カーキ色の厚手のシャツに赤い釣りベストを重ねて、赤い釣り帽子をかぶっている。

「タイでも、釣れそうなスタイルですね」

蟹沢が、顔をほころばせる。

「動くには、この恰好が、いちばん楽でね」

顔を和《なご》ませて、梶谷が言った。

蟹沢は、ピケ帽にグリーンのジャンパー、そして、白のスニーカーだった。相馬は、黒のラグシャツにグレーのチノパン、軽登山靴を履《は》いて、デイパックを持っている。

それから、五分ほど経ったころ、神代と運転手の梨本が姿を見せた。

梨本は、小柄で痩せていた。額が禿《は》げあがっていて、五十という年相応に見える。白いワイシャツに紺のスーツで、ブルー系のネクタイを、きちんと締めていた。

神代は、ベージュのブルゾンで、白のビニール袋を持っていて、

「お早よう」

と、横柄な感じで声をかけてくる。

「焼火山の捜索に参加なさいますか？」

蟹沢は、おだやかに問いかけた。

「そのつもりです」

神代が、そうこたえて、

「美由紀の衣類のことなんだが、じかに肌に付けた物のほうが、いいんでしょうね？」

「ええ。なるべくなら、下着がいいとおもいます」

「………」

神代が、だまって、首を小さく縦《たて》に振る。

それから、じきに、船田が、ロビーに入ってきた。

「警察犬を連れてきました」

挨拶抜きで、船田が告げて、

「美由紀さんの着衣を、お借りします」

「下着が入ってます」

神代が、白のビニール袋を差し出す。

船田は、そのビニール袋を受け取ると、玄関のほうへ体を向けて、

「入ってください」

ちょっと声を大きくした。

紺色の帽子に同色の作業衣の二人が、警察犬一頭をあいだに挟むようにして入ってくる。日本の警察犬は、シェパードが主である。この一頭も、シェパードだった。現場に残された足跡や遺留品などの原臭《げんしゅう》から、犯人の逃走経路や捜査資料などを追及する足跡追及犬であった。

「県警本部、鑑識課の水谷《みずたに》と山下《やました》です」

と、船田が紹介する。

水谷が、引き綱を持っている。

船田は、ビニール袋を山下に手渡した。

山下が、白の手袋をはめた手で受け取ると、そのビニール袋の口を開けた。それを警察犬の鼻先に持っていく。

警察犬は、ビニール袋に鼻を突っこんで臭いを嗅《か》ぐと、ロビーの床のグリーンのカーペットに鼻をすりつけるようにして、ゆっくりと歩き出した。引き綱を持つ水谷がつづく。

みんなの目が、警察犬の動きを追う。

警察犬は、エレベーターの前で足を止めた。それから、ほとんど一直線にフロントに向かう。フロント係らの目も、警察犬にそそがれている。フロントの前でも足を止めた。すぐに玄関に向かう。そして、玄関を出た。

蟹沢と相馬、船田、梶谷、神代、梨本らも、玄関を出る。

駐車場には、浦郷署のパトカーや捜査専用車、鑑識車、ワゴン車などが停まっていた。道路側には、刑事や鑑識係員、制服の巡査ら、十数人が待機している。

警察犬が、三〇〇メートルほど先のバス停の方向へ道路の右寄りをすすむ。水谷と山下、船田が、あとにつく。蟹沢らも、つづいた。

一〇〇メートルほどすすんだとき、警察犬の足が止まった。あたりを嗅ぎまわって、すすまなくなる。水谷の足もとで動きも止まった。

「ここで臭いが消えています」

山下が、船田に告げた。

「すると、ここから車に乗ったということですかね」

船田は、蟹沢に首をまわした。

「おそらく、そうでしょう」

と、蟹沢が言う。

「それでは、焼火山へ車で走りましょう」

船田が、語気を強める。

一行は、ホテルの駐車場へ引き返した。

「焼火山の林道を駐車場まで登ります」

船田の指示で、それぞれ車に乗りこむ。

蟹沢と相馬は、梶谷といっしょに北多摩署の捜査専用車に、神代と梨本は、黒のベンツに、船田らも、浦郷署の車に分乗する。水谷と山下も、警察犬とともにワゴン車に乗りこんだ。

パトカーの先導で走り出す。車の列が、つづいた。

波止《はし》の港に向かって町道を南下する。左にそれて、林道に入った。山腹を巻きながら、ゆるやかに高度をかせぐ。標高二〇〇メートルの地点を通過すると、間もなく、駐車場に着いた。数台の車が停まれるほどの台地状になっている。東屋《あずまや》と案内板があった。右手の雑木のあいだから海が見える。おだやかな海面は銀色をおびて照《て》り映《は》えていた。鬼舞スカイラインから南へ伸びる黒島鼻《くろしまばな》の岬が、緑に彩《いろど》られて長く横たわっている。その先端あたりに知夫里島が青く望まれた。

車を並べて停める。それぞれに車を出た。

水谷と山下とともに、警察犬も降りる。水谷が引き綱を持っている。山下が、いま一度、美由紀の下着の臭いを嗅がせた。

警察犬にそそがれる蟹沢の目が、ギョロッと光る。相馬は、デイパックを背負いながら、警察犬を見つめた。船田らの視線も、警察犬にあつまる。

駐車場の舗装に鼻をこすりつけるようにして、警察犬が動き出した。案内板の先は、右手に林道が伸びていて、左手が階段になっている。警察犬は、その階段を登りはじめた。

相馬が、蟹沢と顔を見合わせる。

「ここか」

と、船田が声をあげた。

「おうーっ」

刑事らのあいだから声がもれる。

警察犬は、水谷を引っぱるようにして、土留《どど》めが丸太の階段を、まっすぐに登っていく。山下が、つづく。相馬は、軽登山靴を踏みしめて、山下のあとについた。船田、蟹沢、梶谷、神代らが、あとを追う。刑事や鑑識係員らも登りはじめた。

その階段を登りきると、道幅が、いくらか広くなった。登りも、ゆるやかになる。しばらくすすむと、道が二つに分かれていた。分岐点に指導標が立っている。右に〈焼火神社〉、左に〈探索の道、展望台、大山《おおやま》〉と記されていた。標高四五二メートルの焼火山山頂に登るには、焼火神社の、すぐ手前に登山口がある。展望台というのは、山頂より五〇〇メートルほど北の尾根の端で、標高四二〇メートルの地点である。そして、展望台の名のとおり、中ノ島や島後を望むことが出来る。大山は、山を越えた東側の海に面した集落で、そこへ登山道が通じているのだ。

警察犬は、ためらわずに左へすすんだ。展望台から大山にいたる登山道である。あまり踏まれていないのだろう。道の両側から、ササヤブやススキ、灌木の枝などが、かぶさってきている。警察犬は、地面に鼻をこすりつけ、姿勢を低め、水谷を引っぱるようにして、山腹の巻き道を登っていく。山下と相馬がつづいた。

「息が切れる」

蟹沢の後ろで、梶谷が声をあえがせる。

梶谷につづく、神代の息遣《づか》いも荒くなっている。

右手には、山腹が立ち上がっているし、左手には、斜面が落ちていた。

三〇〇メートルほどすすんだとき、警察犬は、登山道を左へそれた。ササヤブや灌木の茂みを割って斜面を降りていく。水谷が引っぱられて、つんのめりそうになり、あわてて足を踏んばると、尻餅《しりもち》をついた。警察犬が、その水谷の気配で足を止める。すぐにまた下りはじめた。相馬が、山下の先になる。ササヤブを掻き分け、雑木の枝をくぐって降下する。

二〇メートルあまり降りた地点で、警察犬の動きが止まった。水谷や相馬、山下も足を止める。

ヤブツバキの下で、女の死体が、あおむけになっていた。頭髪を落葉の上に乱し、顔面は、紫暗色を呈して、ふくれあがっていた。白濁した目を剝《む》き出している。首の索溝《さっこう》は、はっきりと見えた。首の前で交叉はなくて、直線だった。黄色のショートコートの前が割れて、茶色のニットシャツが腹まで捲《まく》れあがり、おなじ茶色のパンツが膝の下でたぐまって、白い下着を覗かせている。両足を伸ばしていた。皮膚全体が緑色をおびている。とくに下腹部は暗緑色に変色して、黒く濃い茂みを露出させていた。両手を左右に投げ出している。その右手の先に、茶革のショルダーバッグが落ちていた。ハイキングシューズも茶色で履いたままだった。

船田や蟹沢、梶谷、神代らも降りてくる。刑事や鑑識係員らも降下してきた。

神代は、その女の死体を目にしたとたん、

「美由紀」

と、絶え入るような声をあげたかとおもうと、両手で顔をおおって、しゃがみこんだ。指のあいだから呻き声がもれる。

船田が、刑事たちに目顔《めがお》で指示した。

二人の刑事が、神代を左右から抱えあげて立たせる。神代は、二人に引きずられるようにして登り返していった。

「やっぱり事件になったか」

梶谷も、肩を落として、しゃがみこんだ。

「大丈夫ですか？」

蟹沢が、案じ顔で声をかける。

「ああ」

と、梶谷は腰をあげて、

「つらくて、見ていられない」

そう声を残して、背中を見せると、ゆっくりと登っていった。

「見分と、犯人の遺留品など、捜索にかかってください」

船田が、声を大きくして指示をする。

刑事と鑑識係員らが、現場の見分と捜索をはじめた。

「山という推理が当たりましたね」

船田が、相馬を見やる。

「いや……」

相馬は、てれぎみで頭を掻いた。しかし、表情は暗い。

「下腹の腐敗性変色から見ると、観光に出た二十五日に殺されたんですね」

と、蟹沢が言った。

「わたしも、そうおもいます」

船田は、蟹沢に目を移して、

「索溝が首の前で交叉していないところから見て、後ろから絞めたものでしょう」

「北岡に誘われて車に乗ったという可能性が濃くなりましたね」

「ええ。ここでの犯行だとすると、車の中に証拠は残りませんからね」

「わたしたちは、これで引きあげて東京に帰り、北岡に当たります。北岡が、どの船で来て、どの船で帰ったか、足跡の確認を、おねがいします」

「承知しました。残念な結果になりましたが、ホトケの発見で、はるばる来ていただいた甲斐《かい》がありました。検視の結果や解剖の所見などは、後ほど、ご連絡申しあげます。ご苦労さんでした」

と、船田が頭を下げる。

容疑の男

一

――十月三十日。

蟹沢と相馬が、捜査専用車を駆《か》って、北多摩署へ帰り着いたのは、午前八時二十分であった。

刑事部屋に入ると、待ちかねていたかのように、佐藤と久我が顔をそろえていた。森と鴨田も席にいた。

「帰ってきたか」

めずらしく、久我のほうから声をかけてくる。

「早かったね。一晩中、走ってきたのかね」

佐藤が、ほっとした顔を見せる。

蟹沢は、〈シーサイドホテル〉をチェックアウトする前に、神代美由紀の死体発見の状況を、電話で佐藤に報告し、北岡健、三十七歳の住所の確認をたのんだのだった。梶谷から、住所は、杉並区上荻二丁目、と聞いているのである。

「きのう、カーフェリーで七類港に着いたのは、午後六時ごろでした。フェリーの中で寝ましたし、高速道の途中でも仮眠をとりました。名神の多賀《たが》サービス・エリアには、サウナつきの風呂もあって、ホテルみたいな部屋もあるんです。そこで、風呂に入って、三時間ほど寝てきました」

ぜんぜん疲労の気配を見せずに、相馬が言った。

「へーえ。サウナつきの風呂のあるサービス・エリアがあるのか。その多賀というのは、どのへんだね？」

感じ入った声を出して、佐藤が訊く。

「琵琶湖《びわこ》の近くです」

相馬は、こたえた。

「中央道の諏訪湖《すわこ》サービス・エリアには、温泉がありますよ。奥さんと仮眠なさったら、いかがですか」

鴨田が、よけいな口を入れる。

「ほう。温泉があるのか。あそこで、ワカサギの甘露煮《かんろに》を買ったことはあるが、温泉とは知らなかった」

真顔で、佐藤が言う。

久我が、例の苦虫を十四ほど噛みつぶしたような顔になる。

「北岡の住所の確認は、とれましたか？」

蟹沢は、ギョロッと目を光らせた。

「ああ、とれた。荻窪署に照会したところ、上荻二丁目のアパート〈グリーンコーポ〉の二〇二号室、とわかった。所帯持ちで、女房は、北岡郁代《いくよ》、三十五歳だ」

と、佐藤が告げる。

「羽場守の在り処《あかか》は、まだ、つかめないんですね？」

蟹沢が、つづけて訊く。

「うん、まだだ。建設や土木工事の現場を当たっているし、〈ルミ〉に歩いていける範囲内を、シラミつぶしに捜査している。重要参考人として指名手配もしているんだ。いずれ、そのうち、在り処はわかる」

と、久我が言った。

「おれたちは、北岡に当たるか」

蟹沢は、相馬に首をまわした。

「一休みしたほうが、いいんじゃないか」

佐藤が、相馬を見やる。

「大丈夫です。隠岐にくらべたら、荻窪なんか、すぐそこですから」

と、相馬は言葉を返した。

「じゃ、すぐそこまで出かけよう」

「はい」

蟹沢と相馬は、この刑事部屋を出た。

ふたたび、捜査専用車に乗りこむ。

甲州街道へ出て、新宿方向へ向かった。上高井戸《かみたかいど》の交差点で左折して、環八《かんぱち》通りをすすむ。この通りは車が混んでいた。ノロノロ運転になる。中央線のガードをくぐった。青梅街道との交差点の手前で、左に折れて、上荻二丁目に入る。

〈グリーンコーポ〉は、淡いグリーンの外壁の二階建てのアパートだった。

車を停《と》めて降りる。階段を上がって、二〇二号室の前で足を止めた。

ドアのわきに、〈北岡〉と表札が出ている。

蟹沢が、チャイムのボタンを押した。

ドアが細めに開いて、女が顔を覗《のぞ》かせる。

蟹沢は、紐付きの警察手帳を見せて、

「警視庁のものです。北岡健さんのお宅ですね？」

「ええ。そうですけど……」

ドアを細めに開けたまま、女は怪訝《けげん》げに二人を見た。

「奥さんの郁代さんですね？」

「ええ」

「ご主人、おられますか？」

「いいえ。いま出かけたばかりです」

「ちょっと失礼」

蟹沢は、そう言いざま、ドアのノブを引いた。

ドアが大きく開く。

郁代の目も大きくなる。頬が、ふっくらとしていて、体つきも小太りだった。長い髪をピンクのセーターの肩に垂《た》らしている。

「あの、主人が何か？」

郁代の表情が不安げになる。

「お聞きしたいことがありましてね。どちらへお出かけですか？」

蟹沢は、おだやかに問いかけた。

相馬は、郁代の背後へ目をそそいだ。奥に人のいる気配はない。

「勤めておりますので……」

「お勤めは、どちらですか？」

「新宿の〈パラ〉という喫茶店です」

「新宿の、どのへんですか？」

「三丁目です」

郁代の言葉つきに、よどみはない。

「最近、どこかへ旅行なさいましたか？」

「いいえ」

郁代が、小さく首を横に振る。

「ずうーっと東京に？」

「ええ」

「ご主人は、黒ブチのメガネをかけて、鼻の下に髭《ひげ》を生《は》やしておられますね？」

「ええ。小柄で、ほっそりとしているので、なめられるからって、髭を生やしたんです」

「小柄というと、身長や体重は？」

「一六〇センチで、五二、三キロです」

「大柄で、がっしりではないんですね？」

「ええ。でも、どうして、そんなことを？」

と、郁代が訊き返した。

「ま、念のために……」

蟹沢は、言葉を濁し、

「どうも失礼しました」

と、会釈をして、郁代に背中を向ける。

相馬も、体をまわした。

階段を降りて、車にもどる。

「どうやら、〈シーサイドホテル〉に泊まっていた男とは、ちがうようだね」

助手席に尻を沈めて、蟹沢が言った。

「メガネと髭は、おなじですけどね」

相馬は、そう言って、エンジンをかけた。

「とにかく、本人に会ってみよう」

「じゃ、新宿へ走ります」

青梅街道へ出て、新宿に向かう。

西新宿を走り抜けて、JRのガードをくぐった。新宿通りに入ると、すぐに右にまわりこんで、新宿駅東口の交番のわきに車を停める。

車を出て、交番に入り、喫茶店〈パラ〉の所在を訊いた。

巡査が、壁に貼られた地図を指《さ》して、おしえてくれる。交番を出て、車にもどった。

新宿通りへ引き返す。車が連なっているし、歩道も人で混雑している。

「相変わらず新宿は人が多いねえ。人間が、ウジャウジャ湧いてくるような感じだな。これだけ人がいると、わるいことをするヤツも出てくるわけだ」

車の外に目をそそぎながら、蟹沢が言った。

左折して、一方通行の通りへ入る。

喫茶店〈パラ〉は、三階建ての小さなビルの二階にあった。一階がカメラ屋で、左手に階段が上がっている。

駐車禁止の通りだが、車を停めた。

る。グリーンの地に〈喫茶・パラ〉と白い文字で記された看板のわきを通って、階段を二階へ上がる。

木製のドアには、〈準備中〉という札が掛かっていた。

蟹沢が、ノブをつかみ、まわして押す。ドアが開いた。蟹沢につづいて、相馬も店内に入る。

奥にカウンターがあって、左右にテーブルや椅子が並んでいた。

白いワイシャツの男が、カウンターの中で、グラスを磨《みが》いている。ポニーテールの髪の若い女が、テーブルを拭《ふ》いていた。

ワイシャツの男が、北岡健、と一目でわかった。黒ブチのメガネをかけて、鼻の下に髭を生やしていた。顔立ちは整っている。郁代が言ったとおり、小柄で、ほっそりとしていた。撫《な》で肩で華奢《きゃしゃ》な感じがする。

「刑事さんですか？」

グラスを置いて、北岡のほうから訊いてくる。

「奥さんから電話があったんですね？」

蟹沢は、おだやかに訊き返した。

「ええ」

北岡が、小さく首を縦に振る。

ポニーテールの女も、手を止めて、蟹沢と相馬を見ている。

「あなたは、ここの店長さんですか？」

蟹沢が問いかける。

「店長はオーナーで、わたしは、バーテン兼ウエーターです」

北岡の言葉つきは落ちついている。

「最近、どこかへ旅行なさったことは？」

「ありません」

「この店の定休日は？」

「月曜です。先月も今月も、定休日以外に休んだことはありません」

北岡が、きっぱりと言う。

「失礼だが、あなたの名前と、お年は？」

蟹沢は、ポニーテールの女に首をまわした。

相馬も、女に目を向ける。

「秋山朋子《あきやまともこ》、二十一です」

と、素直にこたえる。

「言いにくいだろうけど、正直にね」

蟹沢は、朋子を見つめて、

「今月になってから、北岡さんは定休日以外に店を休みましたか？」

「いいえ」

朋子が、首を横に振る。

「じつは、この二十三日に、隠岐の島で、北岡健という名前の運転免許証でレンタカーを借りて、二十三、二十四日と島のホテルに泊まった男がいるんです。何か心当たりはありませんか?」

蟹沢は、北岡に目をもどした。

「免許証を盗まれたことがあります」

「いつ?」

蟹沢の目が、ギョロッと光る。

「八月十日でした」

「今年の?」

「ええ。新宿駅東口の電話コーナーで電話をかけて、小さなバッグを置きわすれたんです。気がついて、あわててもどると、もうなくなってました。バッグの中に、免許証や財布が入っていたので、東口の交番に届けました」

「いま、運転免許証は?」

「再交付を受けました。また、なくすと、たいへんですから、車に乗るときだけ持つことにしてます」

「八月十日の何時でした?」

「店がおわって帰りがけでしたから、十時半ごろでした」

と、北岡が告げる。

「免許証の写真も、黒ブチのメガネをかけて、鼻の下に髭を生やしているんですね？」

「はい、そうです」

「いや、どうも、お邪魔しました」

と、蟹沢が顔を和《なご》める。

相馬は、軽く会釈をした。

この喫茶店を出て、車にもどる。

新宿駅東口の交番へ引き返すと、巡査の協力を得て、盗難の被害届を調べた。

すると、北岡健の被害届があった。被害の年月日時は、八月十日の午後十時三十分ごろ、となっている。被害の場所は、新宿駅東口の公衆電話コーナー。被害品目は、小型の茶革のバッグ、自動車運転免許証、現金約三万五千円、クレジットカード二枚、と記されていた。

巡査に礼を言って、この交番を出た。また車に乗りこむ。

「北岡の免許証を盗んだ男が、犯人ということですか」

運転席で、相馬が言った。

「盗んだ免許証を売るという手もあるがね。ま、いずれにしろ、北岡の免許証で、北岡本人になりすまして、美由紀さんを殺したんだろう。黒ブチのメガネをかけて、鼻の下に髭まで付けているんだから、犯行は計画的だよ」

「ややこしくなってきましたね」

「事件の捜査なんて、だいたい、こんなものだ。そうは問屋が卸《おろ》さないってね」

「それじゃ、問屋に当たりますか」

「人間の心理は、問屋じゃ売ってないがね」

「怨恨《えんこん》ですか？」

「そうだ。梶谷さんの言う、ちょっと引っかかる男のことだ」

「美由紀さんが、スピーチをしたとき、あれが神代の娘か、と言って、酒をガブ飲みし、悪酔いをした男ですね」

「そうそう、よくおぼえているな。ウマさん、頭がいいよ」

「頭が、よかったら、いまごろ、大蔵省にいて、銀行の接待を受けてますよ。ノーパン・シャブシャブなんかで」

「ノーパンで覚醒剤《シャブ》を打っていた女なら、逮捕したことがあるけどね」

「花婿の鳥海さん側の招待客で、南原広史、六十五歳ですね」

「そう。鳥海さんが製薬会社にいたころの同僚で、いまの住所は、東京都国分寺市東恋ヶ窪だ」

「じゃ、その住所へ走りますか」

相馬が、アクセルを踏む。

青梅街道を青梅の方向にすすみ、左折して、府中街道を南下する。五日市街道を横断して、東恋ヶ窪に入った。

交番で、南原広史の所在を訊く。何丁目かわからないので手間どったが、巡査が、電話帳まで繰《く》ってくれて、やっと突き止めた。三丁目であった。そこへ走る。

南原の住居は、建て売り住宅をおもわせる小ぢんまりとした二階屋だった。門から玄関までが二メートル足らずだが、それでも猫の額ほどの庭があって、蹴飛ばすと、転《ころ》がりそうな小さな石《いし》灯籠《どうろう》が立っていた。

蟹沢が、ドアのわきのインターホンのボタンを押す。

「どなたですか?」

と、男の声が訊いてくる。

「北多摩警察署の蟹沢と申します」

「ちょっと、お待ちを」

じきに、ドアが開いた。

「南原広史さんですか?」

「ええ」

南原は、白髪の多い頭髪を額に乱していた。大きな目をしている。頰の肉が薄かった。グレーのセーターの胸も薄い。

蟹沢は、警察手帳を見せて、相馬を紹介し、

「わたしたちは、隠岐の島から帰ってきたところです」

と、告げた。

「ほう。隠岐へ行っておられたんですか。ま、お上がりください」

と、南原が請《しょう》じる。

通されたのは、玄関の右手の洋間だった。六畳ほどの広さで、テーブルセットが置かれている。

二人は、テーブルをはさんで、南原と向かいあった。

「花婿の父親の鳥海定男さんと、おなじ製薬会社にお勤めだったそうですね」

蟹沢が口を切る。

「ええ。鳥海さんは釣り好きが高じ、二十年ほど前に脱サラして、隠岐に渡りましたが、わたしは定年まで勤めました」

南原は、蟹沢と視線を合わせた。

「鳥海さんが会社を辞めてからも、お付き合いがあったんですね？」

「ええ。わたしは釣りをやりませんが、在職中から気が合って、よく飲みました。まあ、飲み友だちで、いまでも、鳥海さんが上京するたびに一杯やっております」

「西ノ島には、これまでに何度か？」

「いいえ、はじめてでした。遊びに来いと誘われてはいたんですが、わたしは船に弱くて。洋一くんの結婚式だから、今回は出かけましたがね」

「神代秀彦さんを、ご存じですね？」

蟹沢が、ずばっと訊く。

「ええ。テレビで見ましたが、娘の美由紀さんは、焼火山で殺されたんだそうですね」

南原の目に光が萌《きざ》した。

「披露宴で、美由紀さんのスピーチを、お聞きになりましたね？」

「ええ、聞きました。花嫁側の招待客に神代の娘がいたので、びっくりしました」

「神代さんとは、どういうお知り合いですか？」

「わたしにも、美由紀さんとおなじ年ごろの雅美《まさみ》という娘がいます。七年前に交通事故に遭《あ》い、いまも寝たきりで病院におります。雅美は軽乗用車を運転していて、神代は自分で外車を運転してました。国立市内の交差点で、雅美の車の横っ腹に、神代の車が、ぶつかってきたんです。神代には怪我《けが》がなくて、雅美は重体になり、生死の境を、さ迷いました。そして、とうとう寝たきりになってしまいましたが、神代は、たった一度見舞いに来ただけでした。保険会社の社員にまかせきりでね。冷たい男ですよ。家内は、雅美の看病疲れもあって、病気がちになり、二年前に亡くなりました。神代を恨《うら》みましたよ。美由紀さんは、かわいそうだが、神代は自業自得《じごうじとく》だともいます」

語気を強めて、南原が言う。

「そういう事情があったんですか」

蟹沢は、首を縦に振った。

「神代は、新宿にビルやマンションを持っていますが、自分で儲けたのではなくて、父親が事業家で稼いで建てたんだそうです。二代目で、人の情《なさけ》のわからない、苦労知らずのボンボンなんですよ」

「だとしますと、ほかにも恨みを買うことだってありますね」

「あるとおもいますよ。自分の娘が殺されたのも、因果応報《いんがおうほう》かも知れません」

と、南原の声音も冷たくなる。

「二十四日は、結婚式に出席なさいましたね?」

「ええ」

「二十五日は、どうなさいました?」

「鳥海さんの案内で、西ノ島を見物しました。摩天崖に行きましたし、黒木御所跡にも行きました。わたしのアリバイなら、鳥海さんに聞いてください。神代には恨みがありますが、娘の美由紀さんにはありません」

南原が、また語気を強める。

「失礼しました」

蟹沢は、頭を下げて、腰をあげた。

相馬も立って、おじぎをする。

南原の住居を出て、車にもどった。

「さっきから、腹の虫が鳴いてます」

運転席に尻を沈めて、相馬が言う。

「おれは喉が渇《かわ》いた」

助手席から、蟹沢が言葉を返す。

「ビールで嗽《うがい》しますか」

「ひとまず署に帰り、車を置いてから、昼飯にしよう」

「はい、了解」

相馬は、アクセルを踏んだ。

二

蟹沢と相馬が、南原の住居を出た足で、北多摩署へもどって、刑事部屋に入ると、

「重要参考人の羽場守を連行した。いま取り調べている」

佐藤が、いきなり告げて、調べ室のほうへ目を向けた。

この刑事部屋は、入口から奥へ、暴力団捜査係、盗犯係、知能犯係、強行犯係と机が並んでいる。奥の壁際に、佐藤と久我の席があった。右手に格子の窓があって、左手には、一号室から三号室まで調べ室が並んでいる。一号室のドアが閉まっていた。

久我は、席にいなかった。強行犯係の席には、森と鴨田がいた。第六係の刑事が三人、椅子にかけている。

蟹沢は、一号調べ室を、ちらっと見やってから、佐藤に目をもどして、

「羽場は、どこにいたんですか?」

と、問いかけた。

相馬も、佐藤を見つめる。

「国立市の谷保《やほ》だ。橋脚工事をしている建設会社の宿舎にいた。多摩川の近くで、プレハブの二階屋《ヤサ》だそうだ。羽場は、そこの二階で寝泊まりをしていた。この住所を突き止めたのは、うちの小松《こまつ》くんと第六係の石上《いしがみ》刑事の組でね。捜査範囲を広げて、ぶつかったんだ。たまたま、きょうは建設機械の搬入が遅れて、工事が休みで、羽場は、その宿舎にいた。逃げられないように応援を差し向けて、羽場を連行し、調べ室に入れた。取り調べをはじめてから、もう二時間あまり経つが、まだ自供していない」

いくらか興奮ぎみの声で、佐藤が言った。

この刑事部屋の雰囲気も、いつもより緊迫感がただよっている。

「国立の谷保から立川の錦町まで歩いたら、四十分はかかります。飲み歩くには遠すぎる距離ですよ」

蟹沢が、合点《がてん》の行かない顔になる。

「羽場は、盗んだ自転車を乗りまわしていた。自転車で飲みに出かけたんだ」

「自転車なら、酔っぱらい運転で、とっつかまりませんからね」

と、相馬が口を入れた。

「そうそう。わたしも、若いころ、自転車の酔っぱらい運転で、ドブへ、おっこちたことがあるがね」

佐藤が、相馬を見やる。蟹沢に目をもどして、

「その自転車を押収したし、いま、同宿の土木作業員や、宿舎の賄《まかな》い婦に当たって、事情を聞い

ている」

「取り調べに当たっているのは？」

「うちの代理と小松くん、黒田係長の三人だ」

佐藤は、そう告げると、おもい出したように、

「浦郷署の船田係長から電話があった。連絡してくれとのことだ」

「わかりました」

蟹沢は、自分の席にすわった。

浦郷警察署に電話をかける。

船田が、すぐに出て、

「神代美由紀さんのホトケの解剖所見が出ました。死因は絞死《こうし》。索溝は、ほとんど水平に首のまわりを一周して、首の後ろで交叉しており、後ろから紐《ひも》状の物で絞めたと推測されております。輪状軟骨に骨折が見られるとのことです。精液は検出されておりません」

と、告げる。

「強姦はない、ということですね」

「そうです。ホトケ本人の血液型はO型ですが、右手の中指と人差し指の爪のあいだから、血液型AB型の血痕と皮膚組織が検出されております」

「美由紀さんは抵抗して、犯人を引っ掻いたということですね」

「そうです。したがって、犯人は、血液型がAB型の男と推定されます」

「死亡推定日時は、どうなっていますか？」

「十月二十五日の昼ごろ、となっております。〈シーサイドホテル〉の朝食、ベーコン・エッグやトーストなどの消化状態から推定されたものです。なお、ショルダーバッグの中に、黒革の二つ折りの財布が入っておりましたが、現金はなくなっていました」

「金を奪《と》られたということですね」

「そうです。強盗殺人事件と見ております」

「ところが、たんなる強盗殺人ではないようですよ」

「どういうことですか？」

と、船田が訊いてくる。

蟹沢は、北岡健と南原広史に当たった捜査の状況を、くわしく報告した。

「すると、西ノ島へ来た北岡健は偽者《にせもの》ということですか」

と、船田の声が大きくなる。

「そうです。本物の北岡は、身長一六〇センチ、体重五二、三キロの小柄で華奢な男です。ところが、〈シーサイドホテル〉に泊まった北岡は、身長一七〇センチくらいで、がっしりとした体格ということですから、あきらかに別人、偽者ということになります。北岡の運転免許証を盗んで、北岡本人になりすましたか、それとも、その免許証を買うとか、ゆずり受けるとかして、北岡本人になりすましたのが、犯人と推測されます。免許証の写真どおりに、黒ブチのメガネをかけて、鼻の下に髭まで付けているのですから、計画的な犯行とおもわれます。それに、南原は、父親の神代秀彦を恨んでいました。ほかにも恨みを買っている可能性があります。怨恨の線も考えられます」

「なるほど。そうすると、美由紀さん殺害という、ほんとうの目的を悟《さと》られまいとして、金を奪《と》り、下半身を露出させて、強盗強姦殺人に見せかけたということですかね」

「その可能性は濃厚とおもいます。偽者の北岡は、いったい、だれなのか、これから捜査をすすめます。AB型の男を追及します」

「よろしく、おねがいします。いまとなっては、偽者の北岡の足どりになりますが、十月二十三日の、境港発十一時二十五分、別府着十二時四十三分の高速船〈レインボー〉で来て、二十五日の、別府発十四時十四分、七類着十五時十五分の〈レインボー〉で帰っております」

「わかりました。これからの捜査の経緯は、また電話で報告します」

「何か、わかりましたら、わたしのほうからも連絡申しあげます。よろしく」

船田が、電話を切る。

蟹沢は、受話器を置くと、帰京してからの捜査の経緯と、いまの船田の電話の内容を、佐藤に告げた。

「うーん。北岡の偽者は、いったい何者なのか、それに、神代美由紀殺しの動機も、わからないとなると、まだまだ暗中模索《あんちゆうもさく》だな」

佐藤は、唸《うな》り声をもらして、

「こちらの一件は、羽場の自供待ちだがね。ところで、カニさんとウマさんは、これから、どうするね？」

「腹ごしらえをします」

と、相馬が言った。

「昼飯、まだかね？」

「ええ」

相馬が、長めの顎を引く。

「腹ごしらえをしたら、休んだほうがいいよ。ウマさんは若くてタフだが、カニさんは年なんだからね」

「わたしが年なら、課長だって年ということになりますよ」

「いや、わたしは若いつもりだ」

「わたしだって、若いつもりです」

蟹沢が、佐藤と言い合う。

「ふたりは若いか」

と、佐藤が言った。

蟹沢と相馬は、この刑事部屋を出た。

捜査専用車に乗らずに歩く。

バス通りを立川駅の方向にすすみ、右折して、錦町に入った。

行手に、〈ラーメン・栄屋〉の看板が見える。

その店に入った。

「いらっしゃい」

坊主頭の店主の森下栄二が、カウンターの中から声をかけてくる。

皿を洗っていた若い男も、蟹沢と相馬に目を向けた。

客はいない。

蟹沢は、腕時計を見た。針は、一時四十五分を指している。この店の昼の営業時間は、午後二時までと知っている。

「まだ、いいかね?」

「いいですよ、どうぞ」

森下が、愛想よく顔を和める。

「ビールを一本ずつもらって、おれは、ギョーザ」

と、蟹沢が注文する。

「わたしは、ギョーザ二人前と野菜炒め」

つづけて、相馬が、あかるく言った。

まず、ビールを流しこむ。

若い男が、二人の前に、ギョーザを並べた。

森下が、野菜炒めを相馬の前に置いて、

「〈ルミ〉のママさんを殺した犯人、まだ、わかりませんか?」

と、訊いてくる。

「あやしいのが、いるにはいるんだが、はっきりしなくてね」

蟹沢は、気さくな調子で言って、ギョーザをつまみ、

「ママは、男連れで来たことがあったんだね？」

「ええ」

森下が、小さくうなずく。

「とくに親しくしていた男、おもい出せないかな。たとえば、何度も、いっしょに来た男とか？」

「赤塚という社長さんとは、よくいっしょでした」

「どんな人だね？」

蟹沢は、とぼけて訊いた。

「年は五十半ばで、髪をオールバックにして、大柄で、恰幅《かっぷく》のいい方です」

「ママとの仲、どう見えた？」

「ただの客には見えなかったですね」

「ほかにも、仲のよかった社長さんがいたんじゃないか？」

「バーの客は、社長とか先生が多いですからね」

「おれなんか、一度も、社長とか先生なんて呼ばれたことはないがね」

「目つきが、するどいから、わかりますよ」

「こっちは、どうだ？」

蟹沢が、相馬を見やる。

相馬は、ギョーザを口にほうりこんだところだった。

「どう見ても、刑事さんには見えませんね」

森下も、相馬に目を移した。

「何に見える？」

と、蟹沢が問いかける。

「スポーツ選手ですね。プロ野球の選手とか。プロレスの選手だって、とおるとおもいますよ」

と、森下が言った。

相馬は、箸《はし》を置いて、グラスを取った。グイーッと一気に流しこんで、グラスを空《あ》ける。手《て》酌《じゃく》で注《つ》いだ。

「いい飲みっぷりですね。ビールなら、一ダースくらい、いけるんでしょう？」

森下は、相馬に目をそそいだまま顔を和めた。

「いや。そんなに飲めない。金がないから」

真顔で、相馬が言う。

若い男が、くすっと吹き出した。

「ほかの社長さん、だれか、おもい出せないか？」

蟹沢は、話をもどした。

「神代さんという社長と、いっしょのときもありました」

森下が、蟹沢に目をもどす。

「どんな感じの人だね？」

「六十くらいで、白髪まじりの髪にウェーブがかかっていて、しゃんと背すじが伸びて姿勢がよく、品のいい顔だちで、男っぷりもわるくはないんですが、なんとなく横柄な感じでした。お客さんの悪口を言っちゃいけないんですがね。虫が好かないというか……」

「あのう、すみません。ラーメンとライスください」

と、相馬が注文する。

「はい。わたしは、あなたみたいな人が好きだねえ。食いっぷりも飲みっぷりもよくて、すこしも、いばらなくて」

森下が、相馬を見やって、にこっと笑いかける。

「おれは、ラーメンだけ」

と、蟹沢もたのんで、

「ママといっしょに来た男、何人もいたんだろう？」

「ええ、まあ……」

森下は、蟹沢に目をもどして、言葉を濁した。

「また来るから、おもい出しておいてくれないか？」

「頭がわるいから、おもい出すのは容易じゃありませんが……」

森下が背中を向けて、ラーメンを作りにかかる。

それから間もなく、二人は、この店を出た。

「腹の皮が張ると、目の皮が弛《たる》むね」

足を止めて、蟹沢が言う。

「署へ帰って、一休みしますか？」

相馬も、立ち止まった。

「美由紀さんのボーイフレンドで、フリーターの湯山徹の住所は、立川市羽衣町の二丁目だったな」

「ええ。神代さんは、そう言ってました」

「羽衣町なら、ここから近い。当たってみるか」

蟹沢が、そう言って、歩き出す。

相馬も、スニーカーの足を踏み出した。

錦町と羽衣町は隣接している。ＪＲ南武《なんぶ》線の踏切を渡ると、羽衣町だった。バス通りをすすんで、一丁目から二丁目に入る。Ｔ字路の角に交番があった。

その交番に入って、湯山徹の所在を訊く。巡査が巡回連絡カードを調べた。〈コーポ小宮《こみや》〉というアパートの二〇一号室とわかる。交番を出て、そこへ歩く。

〈コーポ小宮〉は、路地に面して建つ、木造モルタル造りの古びたアパートだった。

二階へ階段を上がると、取っ付きの部屋が二〇一号室で、郵便受けに〈湯山〉と記されていた。

蟹沢が、ドアをノックする。

ドアが開いて、男が姿を見せた。

茶髪を額の中ほどで分けて、エンジのセーターの肩に垂らしている。二重《ふたえ》まぶたで、鼻すじはとおっているが、頬の肉が薄くて、顎が細かった。首も細い。背が高くて、すらっとしている。ブルーのジーパンの腰も細かった。

蟹沢が、警察手帳を見せて、

「湯山徹さんですね？」

と、おだやかに問いかける。

「ええ」

湯山の表情は暗い。

「神代美由紀さんが、殺されたのを知ってますね？」

「ええ。朝、テレビで見て、びっくりしました。きょうは、バイトに行く気がしなくて……」

湯山は、そうこたえて、吐息《といき》をもらした。

「聞きたいことがあって来たんだ。入っていいかね？」

と、蟹沢の言葉つきが気さくになる。

「どうぞ」

湯山が退《さ》がって、あがりかまちに立つ。

二人は、狭い玄関に入った。

「美由紀さんといっしょに隠岐へ行ったんだね？」

と、蟹沢が問う。

「ええ」

湯山は、小さく首を縦に振った。

「いつ出かけたの？」

「二十二日の朝八時すぎです」

「十月二十二日だね？」

と、蟹沢が念を押す。

「ええ。朝八時という約束で、美由紀の家の近くの桜《さくら》通りに車を停めて待っていたんです。八時ちょっとすぎに、美由紀がやってきたので、乗せると、すぐに走りました」

「きみの車は？」

「中古のカローラです」

「多摩ナンバーだね？」

「ええ」

「美由紀さんが、車で行きたいと言ったのかね？」

「大学の同級生の結婚式に招待されて、隠岐の西ノ島へ行くと言うので、じゃ、いっしょに行こうかということになって……」

「道順は、どうだったかね？」

「中央道から名神、中国道を通って、米子自動車道を走りました」

「二十二日の晩は、どこで泊まったんだね？」

蟹沢が、質問をつづける。

相馬は、だまって、湯山の表情に視線をそそいでいる。

「米子市内のホテルです」

「ラブホテル？」

「ま、そんなところです」

「二十三日は？」

「七類から、フェリー〈おきじ〉に乗りました。浦郷へ着いたのは、昼ごろでした。浦郷で食事をしてから、〈シーサイドホテル〉へ走って、チェックインしました」

湯山の声音は素直だし、言葉つきにも、よどみはない。

「二十四日は、どうしたんだね？」

「チェックアウトして、昼すぎに、浦郷から、〈おきじ〉に乗りました……」

「どうして、美由紀さんを残して、ひとりで先に帰ったんだ？」

「ぼくは、美由紀と結婚するつもりでした。美由紀も、そのつもりでした。だけど、美由紀の親父さんに反対されていたんです。ぼくはフリーターです。定職のない男には、娘をやれない、そう言って猛反対でした。美由紀も、定職に就《つ》いてくれと、しつこく言うようになりました。ぼくは会社に縛られるのが嫌で、自由でいたかったんです。二十三日の晩も、ぼくの就職のことで言い合いになり、就職をしないと、させないと言い出したんです。それで、喧嘩《けんか》になってしまいました。ぼくは、先に帰ると言って、二十四日の朝、チェックアウトしたんです。……いまになっておもうと、帰らずにいっしょにいたら、あんなことにならなかったのに。……美由紀が、かわいそうで、ぼくも、つらくて……」

湯山が、涙声になる。

「痴話《ちわ》喧嘩が、とんでもない結果になったということだね」

「ええ」

湯山は、目をうるませて、鼻をすすりあげた。

「美由紀さんの冥福を祈るためにも、この際、定職に就いたほうがいいとおもうよ」

「ええ、考えます」

湯山は、そう言い、また鼻をすすりあげて、

「早く犯人をつかまえてください」

「美由紀さんのことなんだがね。恨みを買うようなことは？」

「いえ。それは、ありません」

「きみのほかに、ボーイフレンドは？」

「いません」

湯山は、はじめて語気を強めた。

「つらいだろうが、あまり気を落とすと、体をこわすから、気をつけるんだよ」

蟹沢は、やさしく言った。

三

蟹沢と相馬は、湯山のアパートを出ると、北多摩署へ引き返した。

刑事部屋に入ると、佐藤と久我、小松、黒田らが顔をそろえていた。森や鴨田らもいる。第六係の刑事らの顔もあった。

「羽場が口を割らなくてね。いま留置場に入れたところだ」

と、佐藤が告げる。

「重要参考人を留置したんですか？」

蟹沢は、ギョロッと目を光らせて、佐藤を見た。

「羽場は、盗んだ自転車を乗りまわしていた。そこで、窃盗容疑で逮捕状を取ることにした」

と、久我が告げる。

「別件逮捕ですか？」

蟹沢は、久我と視線を合わせた。

「羽場は、したたかだ。一筋縄《ひとすじなわ》ではいかない。口を割らせるには、どうしても時間が必要だ。別件逮捕も、やむを得ない」

と、久我が言い返す。

「羽場は黙秘権まで使った。逮捕して、時間をかけて攻めるより手はない」

つづけて、黒田が言った。

「しかし、別件逮捕というのは、引っかかります。フェアーじゃありません」

と、蟹沢の語気が強まる。

「犯行現場から、羽場の指紋二個が検出されている。バー〈ルミ〉のカウンターとカウンターの縁《ふち》からだ。そして、羽場は最後の客だった。血液型はB型で、被害者、高瀬ルミ子の膣内から血液型B型の精液が検出されている。ルミ子の内股の下のソファーから、二本の陰毛が検出されている。それも血液型はB型で、三十五から四十歳の男の陰毛と鑑定されている。羽場は三十九だ。年齢的にも合う。これだけ証拠がそろっているんだ。しかも、羽場には強盗強姦の前科がある。自供させるための別件逮捕だ。なんら問題はない」

久我も、負けずに語気を強めた。

「羽場が寝泊まりしていた建設会社の宿舎の賄い婦、勝田民子《かつたたみこ》、五十八歳からも、有力な情報を得た。ルミ子の死亡推定日時は、十月二十四日の午前一時前後となっている。バーテンの西井は、二十四日の午前零時ごろ、最後の客を送り出して店を出た、と供述している。ところが、民子は、羽場が宿舎に帰ったのは、二十四日の午前二時ごろだった、と供述した。午前零時前に店を出たのなら、遅くとも午前一時には宿舎に帰り着いているはずだ。自転車なら、もっと早く帰れる。午前零時前から午前二時ごろまでの約二時間、羽場にはアリバイがないんだ」

佐藤の声も、ちょっと大きくなる。

「取り調べを打ち切らないで、もっと、つづけたら、どうですか？」

と、蟹沢が言った。

「さっき言ったように、羽場が、黙秘権で口を閉じてしまったんだ。ウンともスンとも言わないんだから、取り調べようがない」

黒田が、苦笑をうかべる。

「カニさん、自分で取り調べてみたら、どうだ？」

と、久我の口調が皮肉めく。

「じゃ、やってみましょう」

蟹沢は、久我と目を合わせて、きっぱりと言った。

羽場守を留置場から出して、調べ室に入れる。

蟹沢は、机をはさんで、羽場と向かい合った。

相馬が、机のわきに控える。

羽場は、蟹沢とおなじように頭髪を角刈りふうに短く刈りこんでいた。目は小さくて、鼻が低い。首が太くて、肩幅があった。胸板も厚くて、がっしりとしている。日焼けしていて、色が黒かった。カーキ色の作業着の襟《えり》元から白いシャツを覗かせていた。

わるびれた様子や、臆した気配を見せずに、豪然とかまえている。

「バー〈ルミ〉の近くに、〈栄屋〉というラーメン屋がある。そこで一杯やって、ギョーザとラーメンを食ってきたところだ。勤務中に、ひそかに一杯やるのが、たのしみでね」

蟹沢が顔を和めて、口を切る。

「それが、どうした？」

羽場は、蟹沢を睨《にら》んで言い返した。

「そう喧嘩腰になることはないだろう」

と、蟹沢は苦笑をもらして、相馬を見やり、

「喉が渇いたな」

「ビールじゃなくて、お茶ですね」

そう言い置いて、相馬が立っていく。

「多摩川の橋脚工事をしてたんだそうだね」

蟹沢は、視線を羽場にもどした。

「おれが何をしてようと、刑事《デカ》には関係のないことだ」

羽場は、蟹沢から目をそらさない。

「多摩川で、よく釣りをやるんだ。五〇センチのコイや、三五センチのマブナを釣ったことがある。おまえも釣りをやるんだろ？」

「釣りじゃない。工事をしてたんだ」

「おいおい。そう突っかかることはないだろう」

蟹沢は、また苦笑をもらして、

「しかし、まあ、口をきくだけましか。黙秘権よりはね」

「おれは怒ってるんだ。やってもいないのに、犯人と決めつけやがって」

「まあまあ、落ちついて」

蟹沢が、そう言ったとき、相馬が、茶を運んできた。蟹沢と羽場の前に茶碗を置く。自分の茶碗も机に置いて、椅子にすわった。

「ま、茶でも飲んで落ちついてくれ」

そう言いながら、蟹沢が茶碗を取る。

羽場は喉が渇いていたのか、何も言わずに熱い茶をすすりはじめた。

相馬も飲む。

羽場が、茶を飲み干して、茶碗を置いた。

「どうだ、すこしは気分が落ちついたか?」

蟹沢も、茶碗を置く。

「おれは、やっちゃいないんだ」

蟹沢と視線を合わせて、羽場が大きな声を出す。

「おまえがやったとは、言っていない。まだ何も訊いちゃいないんだからね」

苦笑まじりに、蟹沢が言う。

「多摩川の土手に捨ててあった自転車を修理して乗っていたんだ。金を出して、タイヤの交換もした。それなのに、自転車窃盗の容疑で逮捕するなんて、やり方が汚《きたな》いじゃないか。別件逮捕で時間を稼いで、自白《ゲロ》させようという魂胆が見え見えだ。おれは、〈ルミ〉のママを殺しちゃいない。やってもいねえのに、自白するわけねえだろ」

羽場は、小さな目を光らせて蟹沢を睨んだ。

「おまえが、〈ルミ〉を出たのは、午前零時前で、宿舎に帰ったのが午前二時ごろだ。その二時間ほどのあいだ、どこで何をしていたんだ？」

蟹沢が、ギョロッと目を光らせて羽場を睨み返す。

「飲んべえなら、だれだって、どうやって家へ帰ったか、わからないことがあるはずだ。おれも、あの晩は、気がついたら、自分の蒲団で寝てたんだ」

「自転車で帰ったのか？」

「宿舎の前に自転車が置いてあったから、そうだとおもう。乗って帰ったのか、押して帰ったのか、おもい出せないがね」

「二時間ほどの空白が問題だな」

「何が空白だ。そんなこと問題じゃない。おれは、やっちゃいないんだ。ＮＴＴ鑑定でも何でもやってくれ」

と、羽場が開きなおる。

「ＮＴＴは電話局。それを言うなら、ＤＮＡ鑑定。遺伝子本体のＤＮＡ、つまり、デオキシリボ核酸を採《と》って鑑定すると、個人識別が可能ということだ」

と、蟹沢が解説する。

「むずかしいことは、わからねえが、どんな鑑定でも、やってもらおうじゃないか」

「それほど言うのなら、ヘソの下の毛を四、五本もらおうじゃないか」

「ポコチンの毛か？」

「そうだ」

「お安い御用だ。トイレ行って引っこ抜いてくる」

「いや。ここで、もらう」

「えっ、ここで？」

「そう。トイレの床や便器には、毛の四、五本は落ちて、くっついているものだ。それを持ってきたんじゃ証拠にならない。ここで切ってもらう」

蟹沢は、そう言いながら、上着のポケットから、小さな鋏《はさみ》とビニール袋を取り出すと、机の上に置いた。

「ここで切るのか……」

羽場が、間のわるそうな顔になる。

「さあ、パンツを脱いで。柄《がら》にもなく、はずかしいのか？」

「女の前なら、よろこんで脱ぐけど、刑事《デカ》の前じゃ……」

「手伝おうか？」

と、相馬が口を出す。

「自分でやるよ」

羽場は、ちらっと相馬を見やって、椅子から腰をあげた。

「こちらは、相馬刑事。通称、ウマさんだ」

と、蟹沢が紹介する。

「ウマ並か？」

羽場が、また相馬を見やる。

「まあ、な」

と、相馬は言った。

羽場が、はじめて表情をひるませる。

「ウマ並なら、参考のために拝見してもいいが、必要なのは毛だけだ」

真顔で、蟹沢が言う。

「わかってるよ」

羽場が、作業着のズボンを下げた。ベルトを、はずされている。白いパンツを穿《は》いていた。それも下ろす。黒い茂みと根っこが覗いた。

「太竿《ふとざお》だな」

蟹沢が、ニヤッとわらう。

「細いほうじゃない」

羽場が、右手で鋏を取った。左手の指で数本つまんで切る。

「よし」

と、蟹沢が顎を引いた。

羽場が、その数本の陰毛をビニール袋に入れる。パンツとズボンを引き上げると、腰をおろした。額に汗を滲《にじ》ませている。

「この毛の鑑定結果が出るまで、留置場で辛抱しろ」

蟹沢の言葉つきが、やさしくなる。

「結果は、いつ出るんだ?」

羽場の声音も、もう落ちついている。

「あしたの夕方までには出るだろう。困ったことがあったら、おれに言え」

「こちらは、蟹沢係長。通称、カニさんだ」

こんどは、相馬が紹介する。

「ああ、わかった」

羽場が、はじめて顔を和めた。

この調べ室を出て、羽場を留置場にもどしたあと、

「羽場の陰毛です。現場から検出された二本の陰毛との照合鑑定をおねがいします」

蟹沢は、そう言って、陰毛数本の入ったビニール袋を、佐藤の前に差し出した。

「まちがいなく、羽場の陰毛だね?」

そのビニール袋を手にして、佐藤が念を押す。

「調べ室で切り取らせました」

と、蟹沢は告げた。

「身体検査令状を取らずに、陰毛を採取したのか？」

久我の表情が、けわしくなる。

「別件逮捕と、どっちも、どっちでしょう」

と、蟹沢は表情を変えずに、

「羽場がクロなら、身体検査令状を請求します。シロなら釈放です」

「うーん。相変わらずやるね」

黒田は、唸り声をもらして、蟹沢を見つめた。

被害者の身辺

一

蟹沢と相馬は、赤塚信治と向かい合って、ソファーに腰をおろした。

〈神代ビル一号館〉の五階にある〈赤塚商会〉の事務所である。

十月三十一日の午後だった。

この日、二人は、いつもより遅めの午前十時ごろに出署し、隠岐への出張費用の計算や、出張捜査の報告書類などを書いて、刑事部屋で昼食をとったあと、西新宿二丁目へ捜査専用車を走らせたのである。

目的は、神代秀彦の身辺の内偵であった。

赤塚は、薄めの頭髪を、きれいにオールバックに撫でつけている。額をテラテラと光らせて血色がよかった。恰幅のいい体格に茶系のダブルのスーツが、よく似合っている。

「神代さんのことで、お伺いしました」

蟹沢が口を切る。

「気の毒なことになりましたねえ。美由紀さんは、いい娘さんでしたが、かわいそうに……」

赤塚は、そう言って、表情を翳《かげ》らせた。

「美由紀さんには、兄がいるそうですね?」

「ええ。二人兄妹《きょうだい》で、秀樹《ひでき》さんという兄さんがいます」

「隠岐では、神代さんと運転手の梨本さんだけで、その秀樹さんは来てなかったようですね」

蟹沢が、合点のいかない顔を見せる。

相馬は、だまって、赤塚の表情に視線を当てている。

「秀樹さんは、美由紀さんより三つ年上だそうです。大学に在学中から、ギターを弾いたり、作曲したりして、いまも、ミュージシャンです。売れないそうですがね。もうずいぶん前に家を出ましてね。秀樹さんの母親、つまり、神代さんの前妻の越子《えつこ》さんが三年前に亡くなってからは、ほとんど家に帰って来ないそうです」

「どこにいるんですか?」

「港区《みなと》の六本木《ろっぽんぎ》です。神代さんにマンションを買ってもらって、そこに住んでいるそうです。ぜんぜん経済観念がなく、金儲けとは無縁で、金がなくなると、振り込んでくれと、電話をよこす困ったヤツだ、と神代さんから聞きました。ですから、秀樹さんを当てにしてないのではないか、そうおもいますがね」

と、赤塚が言う。

「すると、神代さんは、美由紀さんを当てにしていたということですか？」

「そうです。以前は、女性の衣料を扱う商社に勤めていましたが、一年ほど前から、ビルなど建物の総合管理会社に勤めるようになりましたからね。神代さんは、美由紀さんに跡を継がせるつもりで、勤め先を変えさせたのでしょう。〈神代商事〉の業務は、貸しビルとマンションの経営ですから、建物の管理会社と密接な繋《つな》がりがあるわけです。後継者の美由紀さんに亡くなられて、神代さんは、たいへんな痛手だとおもいます」

「神代さん自身も、二代目だそうですね？」

と、蟹沢が質問をつづける。

「ええ。初代は、神代秀之助《ひでのすけ》さんで、八年ほど前に亡くなっておられます。この秀之助さんが、小さな不動産屋から身を起こされて、ビルやマンションなどのオーナーにまで伸《の》し上がられたんです」

「初代は苦労を重ねて財をなし、二代目になると、苦労知らずのボンボンと言われることが多いようですが、神代さんは、どうですか？」

「飲み友だちで、ゴルフ仲間ですから、わたしの口からは何とも言えませんが、まあ、優雅にやっているほうでしょう」

「初代の奥さん、つまり、神代さんの母親は、どうなさってますか？」

「秀之助さんが亡くなられてから、間もなく、後を追うように病死しておられます」

「すると、いまの神代さんの家族は、奥さんの小夜子さん、息子の秀樹さん、このふたりだけですね？」

「そうです」

「神代さんは、前妻の越子さんを三年前に亡くされてますね？」

と、蟹沢が念を押す。

「ええ」

赤塚は、小さく顎を引いた。

「病死ですか？」

「胃ガンと聞いております」

「そして、二年前に、小夜子さんと再婚なさったんですね？」

「そのとおりです」

「後妻の小夜子さんは、美由紀さんの継母《ままはは》になりますね」

「ええ」

「仲は、どうでした？」

「さあ、わたしには、よくわかりませんが、うまくいってたんじゃないですか。神代さんの口から、ふたりの仲について何も聞いてませんから」

「小夜子さんは、きれいな方ですね。理知的な感じで……」

「ええ、美人ですね」

「どういう縁で、再婚なさったんですか？」

「神代さんが大家で、小夜子さんは店子《たなこ》でした」

「神代ビルの一室を、小夜子さんが借りていたんですか？」

「ま、そういうことです。この〈神代ビル一号館〉の一階で、小夜子さんは、ブティックを経営してたんですよ」

「経営は、いつからですか？」

「六年ほど前になりますかね」

「赤塚さんも、小夜子さんを、よくご存じなんですね？」

「ええ」

「ブティックは、うまくいってましたか？」

「開店当初は、黒字だったようですがね」

「それ以後は、赤字ということですね？」

「まあ、そうです」

「小夜子さんに金を、お貸しになったんですね？」

「ええ、用立てました」

「いくらですか？」

「そこまでは、申しあげられません」

「殺人が、からんでいるんですよ」

「わたしは、からんでおりません」

赤塚が、きっぱりと言う。

「しかし、赤塚さんとからみ合った高瀬ルミ子さんは、殺されているんです」

蟹沢は、はっきりと言った。

「ルミ子の事件は、美由紀さんと関係がないでしょう」

「それは、わかりません。神代さんも、ルミ子さんと関係があったと推測されてます。殺人がからむと、捜査は、きびしくなります。いずれ、わかることです。小夜子さんに、いくら、お貸しになりました？」

「一千万円です」

「いつですか？」

「三年ほど前です」

「返済は、どうなってますか？」

「神代さんから返してもらいました」

「小夜子さんの負債を、神代さんが肩代わりしたということですね？」

「そうです。神代さんは、小夜子さんの負債を返済してから再婚したんです」

「赤塚さんから借りたのなら、当然、銀行にも負債があったんでしょうね？」

「ええ、そうですね」

「銀行から、いくら借りてたんでしょうね？」

「四千万円と聞いております」

「すると、神代さんは、小夜子さんの負債五千万円の肩代わりをして、再婚したんですね」

「ええ。それほど小夜子さんに惚れこんだということでしょう。もっとも、神代さんにとって、五千万円は大金じゃありませんがね」

「小夜子さんの旧姓は？」

「須之崎《すのざき》です」

「わかりました。いろいろ聞かせていただいて、ありがとうございました」

蟹沢が、頭を下げて立つ。

相馬も、おじぎをして腰をあげた。

〈神代ビル一号館〉を出て、捜査専用車に乗りこむ。

「これから、どうしますか？」

「署へもどろう」

甲州街道へ出て、立川方向へ走る。

「赤塚さんは、ルミ子さんに金を貸して情を交《か》わしていた。小夜子さんにも、一千万円を貸していた。小夜子さんとも肉体関係があったという可能性があるね」

蟹沢は、行手《ゆくて》を見やりながら、そう言い、言葉をついで、

「五千万円も出せば、どんな女でも自由になるんじゃないか」

「だけど、金では、どうにもならない女性だっているとおもいます」

「ウマさんは、純情派だからな。しかし、たんなるブティックにしては、五千万円という負債は

多すぎるような気がするね」

「利息も含まれているんじゃないですか」

「それにしても、あるところには、あるものだねえ」

「ないところには、ないですけど」

行手に目をそそいだまま、相馬が言った。

立川市内に入って、甲州街道を右にそれる。

北多摩署の駐車場に車を停めた。

刑事部屋に入る。

佐藤や久我、黒田らが、浮かぬ顔をそろえていた。

「羽場の陰毛の照合鑑定の結果が出た」

と、佐藤が告げる。

「で、どうでした？」

蟹沢は、ギョロッと目を光らせた。

相馬も、佐藤を見つめる。

「残念ながら、現場から検出された二本の陰毛と一致しないそうだ。別人という鑑定だ」

佐藤が、その言葉どおり、残念そうな顔を見せる。

いまでは、毛髪の研究がすすんでいて、たとえ一本の毛でも、個人識別が可能になっている。

つまり、毛の色調、光沢、硬さ、太さ、髄指数、メラニン色素の分布状態、血液型など、同一人なら、これらのすべてが共通性を持っているのである。

「血液型のB型は一致するんだがね」

未練がましく、佐藤が言った。

「問題は羽場の処分だ。逮捕状を取ったんだからね」

と、久我が深刻な顔になる。

「逮捕状は、自転車窃盗でしたね？」

蟹沢は、久我に目を移した。

「そうだ」

「自転車だけなら、微罪処分にすれば、いいでしょう」

蟹沢が、はっきりと言う。

微罪処分というのは、不送致処分のことである。検察官の指示がなくても、司法警察員が、警察内で最終処分をおこなうことが認められているのだ。

「わたしも、微罪処分が適当だとおもう」

と、黒田が口を出した。

「犯情軽微ということで、手続きをとってください」

蟹沢は、佐藤に目をもどした。

「よし、わかった。そうしよう」

佐藤が、首を縦に振る。

羽場が、釈放されたのは、この日の午後五時すぎであった。

蟹沢と相馬は、羽場といっしょに署を出た。

「おいおい。おれは、ポコチンの毛で無罪放免になったんだ。それでもまだ、尾行するのか？」

羽場は、不審げな表情を見せる。

「別件で逮捕してわるかった。お詫びの印に一杯おごろうとおもってね」

蟹沢が、羽場に首をまわして顔を和《なご》める。

「それより、自転車返してくれよ。タイヤ買ったんだから」

「あれは、だめだ。規則だから返せない。おれたちの力では、どうにもならない。あきらめろ」

「別件逮捕で脅《おど》しておいて、金かけた自転車を取りあげるなんて、まるっきり恐喝《カツアゲ》じゃないか。警察《サツ》は信用出来ねえよ」

「ま、そう言うな。機嫌なおして一杯やろう。おれたちの給料は安いから、豪勢なものは食えないがね」

バス通りを立川駅の方向に歩く。右折して、ヤキトリ屋の縄のれんを割った。

蟹沢と相馬の行きつけの店である。カウンターの中で、ねじり鉢巻の店主《オヤジ》が、串を並べて焼いていて、

「らっしゃい」

と、威勢よく声をかけてくる。

「よう、たのむよ」

声を返して、蟹沢が奥へ歩く。

奥のテーブルが空《あ》いていた。そこへ、すわる。

顔なじみの女店員が、注文を訊きに来る。

「まず、大ジョッキ三杯。ヤキトリは、いつものように」

蟹沢が、たのんだ。

生ビールの泡が、あふれて、こぼれそうな大ジョッキが運ばれてくる。

「ま、釈放祝いだ」

蟹沢は、大ジョッキをかかげた。

相馬も、かかげる。

羽場も、大ジョッキを持った。かかげようとしないで、いきなり口に持っていく。喉を鳴らして飲みはじめた。

相馬が、一気に流しこむ。

蟹沢は、グイーッと流しこんで小さく喉を鳴らした。

「ああ、うめえ……」

羽場が、ジョッキを宙で止めて、吐息をもらした。すぐにまた、口に持っていく。

「いい飲みっぷりじゃないか。いける口だな」

蟹沢は、そう声をかけて、ジョッキを置いた。

「ブタ箱じゃ、カエルみたいに水ばかり飲まされてたからな」

羽場が、一息入れた。半分ほどに減った大ジョッキを置く。

相馬は、きれいに飲み干して、大ジョッキを置いた。

「あれえ、もう飲んじゃったのか」

羽場が、あきれたような顔を相馬に向ける。

「ウマさんは、牛飲馬食《ぎゅういんばしょく》でね」

と、蟹沢が言った。

「ウマさんなら、馬飲馬食じゃないのか」

と、羽場が言葉を返す。

「ほう、言うじゃないか。おまえ、なかなか頭がいいな。ま、ウマさんに負けずに飲んでくれ」

蟹沢が笑みを見せて、羽場を持ちあげる。

羽場が、大ジョッキを空けた。

「お代わり二杯」

と、相馬が注文する。

ヤキトリが運ばれてきた。カシラやナンコツ、タン、レバー、ハツ、シロなどの串が、大皿に山盛りになっている。

「おいおい、こんなに食うのか」

羽場が、目を丸くする。

「馬食だからな」

相馬は、にこっと笑った。

大ジョッキも運ばれてくる。

「さあ、グイグイ飲んで、パクパク食ってくれ」

蟹沢が、威勢よくハッパをかける。

しばらく、三人は、ものを言わずに飲み、ものを言わずに食った。

相馬と羽場が、三杯目の大ジョッキにかかる。蟹沢は、二杯目を半分ほど空けていた。

「じつは、腑《ふ》に落ちないことがあるんだがね」

蟹沢は、羽場に目をそそいで、

「あの晩、おまえは、〈ルミ〉の最後の客だった。そうだね？」

「ああ。もう二人いたけどな」

羽場が、赤くなった顔を蟹沢に向ける。

相馬は、タン塩の串を口で横にしごいて、羽場の顔に視線を当てた。

「その三人が、〈ルミ〉を出たのは、午前零《れい》時前だった。ところが、おまえが、宿舎に帰ったのは、午前二時ごろだ。〈ルミ〉を出た時刻は、バーテンが供述しているし、宿舎に帰った時刻は、賄《まかな》い婦の勝田民子さんが供述している。この二時間の空白が問題だ。立川の錦町一丁目から国立の谷保まで、自転車なら三十分もかからないだろう。それなのに、おまえの場合は、二時間もかかっている。前にも訊いたが、その二時間、いったい、どこで何をしていたんだ？」

「おいおい、こんなところで訊問するのか」

　羽場が、むっとした表情を見せる。

「おまえは、シロと決まって釈放されたんだ。もう話したって、いいんじゃないか？」

　蟹沢は顔を和めて、おだやかに問いかけた。

「口を割ると、ますます、あやしまれるから、黙秘権まで使ったんだが、いまとなっては、ま、いいか……」

　羽場が、大ジョッキを口に持っていく。喉を鳴らしてから、

「おれは、あの店を出て、谷保の宿舎に向かった。だけど、途中で引き返したんだ。ああいう店は、たいがい、バーテンが先に帰り、ママが一人残って、売上げの計算をするものだ。年が五十と、あとで知っておどろいたが、あのときは、四十くらいに見えた。小柄で色白で、ぽっちゃりとしていて、いい女だったからね。一発やる気で、あの店の前までもどった。自転車を降りて歩き出したとき、階段を降りていく男を見かけたんだ」

「地下一階へ降りる階段だね？」

　蟹沢は、ギョロッと目を光らせて、口を入れた。

〈ルミ〉は、小さな三階建てのビルの地下一階にあった。一階のレストランのわきから階段が降りているのである。

「そうだ。男は降りていき、すぐ見えなくなった。先手を打たれたと、おもったよ。それで、また引き返したんだ」

「どんな男だった？」

「一階は、シャッターが下りていて、街灯の明かりだけだったから、はっきりとは見えなかったが、黒っぽいジャンパーを着て、黒い野球帽をかぶっていた」

「背は？」

「高くはなかったね。低いとも、おもわなかったから、まあ、普通かな。すらっとしていたよ」

「年は？」

「そう若くはなかった。三十から四十くらいだろう。見たのは、横顔と階段を降りていく後ろ姿だ。おれとちがって、鼻が高かった。いい男だとおもったよ」

「そのとき、何時だった？」

「時計を持ってなかったから、はっきりしないが、午前一時にはなってなかったとおもう」

「それから、まっすぐ宿舎に帰ったのか？」

「飲みなおしたくなって、店を探したが、どこも開いてなかったから、宿舎へ帰った」

「そのとき、勝田民子さんが起きていたんだね？」

「おれが、台所で水を飲んでいると、起きてきたんだ。それで、あのオバハンと一発やった」

「〈ルミ〉のママの代わりか」

「ときどき、してやってるんだ。民子は関西弁を使うから、オバハンと呼んでるが、陰では、白ブタとか大関と呼ばれているんだ。えらくブスだし、太っていて、でかいケツをしているんだ。それに、年は五十八だろ。あのツラと、あのケツを見ると、みんな腰を引くんだが、おれは、そうじゃない。ぶちこんでやるんだ。肌は白くて、意外ときれいでね。よがり泣きもするんだ。オバハンは、風呂敷をかぶせてもいい、と言うんだが、暗がりでやれば問題ないからね。だけど、たまには、小さくて、かわいいケツも抱きたくなるだろ。ま、それで、あのママをねらったんだが、ヤバイめに遭《あ》ったよ。しかし、ポコチンの毛は、だてに生えてるんじゃねえな」

「おまえは、太竿だ。でかいケツが似合うよ。オバハンを泣かせているほうが無難だ。かわいいケツは、あきらめろ」

蟹沢が、そう言って、レバーの串を取る。

相馬は、三杯目の大ジョッキを飲み干《ほ》した。

二

翌、十一月一日の午前十時から、北多摩署の二階の会議室で捜査会議が開かれた。

中藤も出席した。

「重要参考人の羽場守を自転車窃盗容疑で逮捕し、陰毛を採取して、現場から検出された二本の陰毛と照合鑑定したところ、別人という鑑定が出ました。まことに残念な結果になりましたが、羽場を微罪処分として、昨夕刻、釈放しました」

佐藤が、表情を翳《かげ》らせて口を切る。

「羽場が、シロだとなると、捜査は振り出しに、もどったということだね」

中藤は、きびしい表情を見せた。

「振り出しに、もどったわけではありません」

　と、蟹沢が発言する。

「何か、つかんだのかね？」

　中藤は、蟹沢を見た。

　みんなの目も、蟹沢にあつまる。

「じつは、きのうの夕方、わたしとウマさんは、釈放された羽場といっしょに署を出て、行きつけのヤキトリ屋で一杯やりました……」

「わたしは、そんな報告を受けていない。いったい、何のために羽場と一杯やったんだ？」

　久我が口を入れて、銀ブチのメガネ越しに蟹沢を睨む。

「羽場を、いい気持ちにさせて訊《き》き出そうとしたんです。生ビールを飲ませました」

　蟹沢は、久我と視線を合わせた。

「大ジョッキで飲みました。係長は、三杯で、わたしと羽場は、五杯ずつでした」

　と、相馬が口を出した。

「大ジョッキであろうと、中ジョッキであろうと、何杯飲もうと、そんなこと問題ではない」

　久我が、けわしい目を相馬に移す。

　こんどは、みんなの目が相馬に集中する。

「ヤキトリは、何本食べたの？」

　訊かなくてもいいのに、鴨田が訊いた。

「八十本くらい」

言わなくてもいいのに、相馬が言う。

「ほう」

刑事らのあいだから声がもれた。

「捜査に関係のない発言は、つつしんでください」

と、佐藤が声を大きくする。

「この署の会議は、いつもながら、ユニークだねえ」

吹き出しそうな顔で、中藤が言った。

「それでは、捜査に関係のある発言をつづけます」

蟹沢は、中藤に目を向けて、羽場から訊き出した供述を、くわしく報告した。

「うーん。羽場は、犯人を目撃していたのか」

中藤の口から唸り声がもれて、

「黒い野球帽に黒っぽいジャンパー、背は高からず、低からず、ま、中背で、すらっとしていて、年のころは、三十から四十、鼻が高くて、いい男、そういうことだね」

「そのとおりです。高瀬ルミ子の死亡推定日時は、十月二十四日の午前一時前後となっています。羽場が、その男を見かけたのは、午前一時前ということですから、時間的にも合います」

「カニさん、よくやったねえ」

中藤は、ねぎらいの言葉をかけて、相馬に目を移し、

「それにしても、よく飲み、よく食べたねえ。生ビールを大ジョッキ五杯に、ヤキトリ八十本か」

「ヤキトリは、ひとりで食べたんじゃありません」

相馬が、真顔で言い返した。

「そうか。三人分か。生ビールは、三人で何杯になるんだね?」

「十三杯です」

「安い店でも、かなりの出費だったな」

「領収書を、もらってきました」

間合いよく、蟹沢が口を入れる。

「よし、わかった。捜査費用から出そう」

笑みをうかべて、中藤が言った。

「これで、犯人像が、わかったわけです」

佐藤の表情が、あかるくなる。

久我は、五匹ほど苦虫《にがむし》を噛《か》みつぶしたような顔になっている。

「しかし、羽場を重要参考人と睨んで、深追いしすぎたね」

中藤が、きびしい顔にもどった。

「被害者宅のマンションから発見された三十七枚の借用証文《しょうもん》と、約六百枚の客の名刺を、あらためて当たり、犯人像に該当する男がいるか、どうか、この捜査が必要です」

と、黒田が発言する。

「うん。三十七人と六百枚か。あらためて当たるのは、たいへんだが、手分けをして捜査してください」

指示をする中藤の声が大きくなる。

「バーテンの西井に当たって、該当する客は、だれなのか、それを訊き出す手もあります」

つづけて、蟹沢が言った。

「うん。カニさんの言うとおりだ。西井の協力が必要だね」

中藤は、小さく首を縦に振って、

「そういえば、隠岐の事件の重要参考人も、目違いだったそうだね」

「出張捜査の報告書を、ごらんいただけたんですね？」

「ああ。佐藤課長からも報告を受けている」

「西ノ島で、北岡健と名乗っていた男は偽者《にせもの》でした。盗難の運転免許証で、北岡になりすましたものと、わかりました。本物の北岡は、小柄で華奢《きやしや》ですが、偽者は、身長約一七〇センチ、がっしりとした体格、顔立ちは整っていて、年も本物の三十七と、おなじくらいということです。被害者の祖代美白紀さんは、絞殺されるときに抵抗したらしく、右手の中指と人差し指の爪のあいだから、血液型AB型の血痕と皮膚組織が検出されております。したがって、犯人と見られる北岡の偽者の血液型はAB型ということになります」

「ほう。そちらも犯人像は割れているんだね」

「しかし、身元は割れておりません。いまのところ、見当もつかない状況です」

「本件との関連性も、わからないということか？」

「美由紀さんの父親の神代秀彦は、本件の高瀬ルミ子と肉体関係があったことは、たしかです。いま判明している接点は、それだけです」

蟹沢は、そうこたえた。

この捜査会議がおわって、刑事部屋にもどると、おりよく、梶谷から蟹沢に電話がかかってきた。

梶谷にも、帰京してからの捜査の経緯を電話で報告しているのである。

「きのう、美由紀さんの遺体を火葬にした。兄の秀樹さんと、草野《くさの》さんという〈神代商事〉の社員が、きょうの昼すぎに、こちらへ来ることになっている。そして午後三時から、この島の寺で葬式をする予定だ。浦郷署の小泉課長や船田係長らが列席するし、鳥海とわたしも出る。そのあとの予定は、まだ、はっきりしていないが、あした中には、美由紀さんの遺骨は東京に帰るだろう」

と、梶谷が告げた。

「継母の小夜子さんは？」

「東京で留守番だそうだ。神代さんは、呼ばなかった、と言っている」

「神代さんの様子は、どうですか？」

「目を、くぼませているよ。きゅうに老《ふ》けこんだように見える」

「神代さんと美由紀さんの身辺捜査をやります。美由紀さんの勤め先を知りたいのですが……」

「運転手の梨本さんから聞いておいた。西新宿一丁目の〈ケービーエス〉という建物総合管理会社だ。〈神代商事〉は、この会社に、ビルやマンションの管理などを委託しているそうだ。美由紀さんが勤めていたのは、業務課ということだ」

「はい、わかりました」

「ふたりの身辺捜査から、北岡の偽者が出ると、いいね」

「そう、うまくいきますか、どうか。とにかく、捜査をすすめます」

「じゃ、たのむよ」

梶谷が、電話を切る。

蟹沢も、受話器を置いた。

三

蟹沢と相馬は、捜査専用車で、西新宿一丁目へ走って、建物総合管理会社の〈ケービーエス〉を訪ねた。

一階の受付カウンターで、蟹沢が、警察手帳を提示し、名乗って、

「業務課長さんに、お目にかかりたい」

と、告げた。

若い女性社員が、受話器を取って、二言《ふたこと》三言《みこと》、話すと、受話器を置いて、

「エレベーターで、七階へ、お上がりください」

と、愛想よく言った。

七階に上がると、女性社員が待っていて、

「北多摩署の蟹沢さんですか？」

と、訊いた。

「そうです」

「どうぞ、こちらへ」

その女性社員の案内で、廊下をすすみ、右手の応接室へ通された。

「ただいま、業務課の本多《ほんだ》がまいります」

そう言い置いて、退《さ》がっていく。

じきに、本多が姿を見せた。会釈《えしやく》をして、名刺を差し出す。〈業務課課長、本多哲夫《てつお》〉と記されていた。頭髪を、きれいに七、三に分けている。紺のスーツの腹のあたりに、わずかに贅肉を見せていた。年は、四十七、八か。

「お忙しいところを恐縮です」

と、蟹沢は挨拶をした。

相馬は、だまって頭を下げた。

「ま、どうぞ、おかけください」

如才なく、本多が言う。

二人は、本多と向かい合って、ソファーにすわった。

「神代美由紀さんのことで、お越しになったんですね？」

と、本多のほうから切り出してくる。

「ええ、そうです。わたしたちは、出張捜査で、隠岐島前の西ノ島へ渡り、美由紀さんの遺体を発見しました」

と、蟹沢は告げた。

「そうでしたか。テレビや新聞で知って、びっくりしました。さっそく、〈神代商事〉に出向きましたが、神代さんは隠岐へ行かれたとのことで、専務の金倉《かねくら》さんに、お悔《く》やみを申しあげてきました」

表情を暗くして、本多が言う。

「美由紀さんは、いつから、こちらへ？」

「一年ほど前からです」

「以前は、女性の衣料を扱う商社に勤めていたそうですね？」

「ええ。履歴書も、そうなっております」

「こちらへ勤めるようになったのは、どなたかの紹介ですか？」

「〈神代商事〉は、わたしどもの社の、お得意さまです。ビルやマンションの管理などを、まかせていただいております。神代さんの意向で、わたしどもの社に勤めるようになった、と聞いております。神代さんは、建物の管理などを美由紀さんにおぼえさせて、〈神代商事〉を継がせるつもりでおられたんでしょう」

「美由紀さんは、どういう社員でした？」

「頭がよく、はきはきしていて積極的で、有能でした。器量も十人並以上ですし、まわりの雰囲気を、あかるくするような女性でした。彼女が事件に巻きこまれるなんて、残念でなりません」

本多の言葉つきが、沈痛になる。

「とくに親しくしていた男性社員は？」

蟹沢が、質問をつづける。

「いなかったと、おもいます」

「ケービーエスというのは、どういう意味ですか？」

と、相馬が問いかける。

「ケーは関東、ビーはビル、エスはサービスです」

本多は、相馬に目を移した。

「すると、関東・ビル・サービスということですか」

「そうです」

「建物の総合管理というのは、どんなことをするんですか？」

相馬が、素朴な質問をする。

「清掃全般の管理業務や警備保安業務、電気や冷暖房設備の運転業務、貯水槽の管理や害虫防除の業務など、いろいろあります」

「家賃や店賃《たな》などの取りたても、やるんですか？」

「委託を受ければ、いたしますが、いまは、ほとんど銀行振り込みですから、ビルやマンションのオーナー自身で、やっておられる場合が多いですね」

「〈神代商事〉は、どういう会社ですか？」

と、蟹沢が訊いた。

「ビルやマンションの賃貸業です」

本多は、蟹沢に目をもどした。

「ビルやマンションを何棟所有していて、社員が何人いるのか、そして、それぞれが、どういう仕事を担当しているのか、くわしく知りたいんですがね」

「直接、お聞きになったほうがいいでしょう」

「神代さんは、まだ隠岐におられます。美由紀さんの遺骨の帰るのも、あしたになるでしょう。いずれにしろ、取り込み中ですから、直接聞くわけにはいきません」

「美由紀さんの遺骨が帰りしだい、わたしどもも、葬儀の手伝いをさせていただくつもりでおります」

「きょう、西ノ島で葬式をするそうですよ」

「では、さっそく、お花や弔電《ちょうでん》などを……」

「その前に、〈神代商事〉のこと、お聞かせねがえませんか。得意先なら、よくご存じなんでしょう」

「強盗に殺されたんじゃないんですか？」

本多が、怪訝《けげん》げな表情を見せる。

「まだ、そうと決まったわけではありません。あらゆる可能性を探るのが、刑事の役目です。ご協力ねがえませんか？」

「わかりました。ちょっとお待ちを」

本多が、立っていく。じきに、書類を持って、もどってきた。ソファーにすわり、その書類をひろげて、

「〈神代商事〉は、有限会社です。社長は神代秀彦さん。会長は、秀彦さんの父親の秀之助さんでしたが、八年前に亡くなっておられます。秀之助さんは、事業を拡張して、ホテルの経営をなさったそうですが、赤字になったので撤収したと聞いております。それ以後は、ビルやマンションの賃貸業を手堅くやってこられて、現在は、西新宿二丁目に〈神代ビル一号館〉、新宿三丁目に〈神代ビル二号館〉、新宿歌舞伎町にマンション〈パルセ神代〉を所有し、この三棟が業務資産となっております」

「その三棟は、土地建物ともに、〈神代商事〉の所有ですね？」

「ええ、そうです」

「場所が場所だけに、たいへんな資産になりますね」

「ええ。神代さんは、銀行などから借入金はないと、おっしゃってますから、経営は良好という

ことでしょう」

「役員は？」

　つづけて、蟹沢が問いかける。

　相馬は、だまって、本多を見つめている。

「専務取締役は、金倉卓也《たくや》さん。秀之助さんのころからの番頭役で、主に経理を担当しておられます。常務取締役は、神代小夜子さん。社長と結婚されて、二年前に常務になられました。社員は、草野弘一《こういち》さん。主に賃貸関係を担当しておられます。賃貸の契約や家賃店賃の取り立てなどです。女子社員は、中井咲子《なかいさきこ》さんと、浅見真美《あさみまみ》さんの二人です。運転手は、梨本吉雄さんです。これだけのスタッフで、やっておられます」

「資産のわりには、少人数ですね」

「神代さんの個人会社ですから」

「わかりました。ご面倒をおかけしました」

　蟹沢は立って、頭を下げた。

　相馬も腰をあげる。

　この〈ケービーエス〉を出た。

　西新宿二丁目へ走る。

〈神代ビル一号館〉に入り、エレベーターで五階に上がって、〈赤塚商会〉を訪ねた。

「たびたび、お邪魔して申しわけありません」

蟹沢は、そう言って、おじぎをした。

相馬も頭を下げる。

「ま、どうぞ」

赤塚は、愛想のいい顔で会釈を返した。

「三年ほど前、小夜子さんに一千万円、お貸しになりましたね？」

蟹沢は、単刀直入に切り出した。

「ええ、貸しましたよ」

「そのとき、担保は？」

「わたしは、人柄を見て貸します」

赤塚は、物腰も声音も落ちついている。

「お貸しになるときは、相手の身元や経歴など、お調べになるんでしょう？」

「もちろんです。身元のわからない相手に金は貸せません」

「そのころ、小夜子さんは、神代さんとの結婚前ですから、旧姓の須之崎さんでしたね」

「ええ、そうですよ」

「須之崎小夜子さんは、どういう経歴の女性ですか？」

「若いころから、ファッション関係の仕事をしていたんだそうです。モデルもしたことがある、と聞きました。あの美貌とスタイルですからね。そして、デザイナーになり、ブティックの経営をはじめたわけです」

「神代さんと結婚するまで、ずうーっと独身だったんですか？」

　つづけて、蟹沢が質問する。

「旧姓のままですからね。色恋沙汰《ざた》は、あったとおもいますがね」

「身内の方は？」

「若いころ、両親を亡くして、弟さんと二人きりです」

「弟さんを、ご存じなんですね？」

「ええ」

「お名前や、お年は？」

「和幸《かずゆき》さん、須之崎和幸さんです。年は、小夜子さんより五つ下と聞いてます」

「和幸さんは、何をしておられるんですか？」

「わたしが、小夜子さんに融資したころは、原宿《はらじゆく》で、コーヒー店をやってました。カウンターだけのコーヒーの専門店でした。その後、うまくいかなくて、店を閉めたと聞きましたがね」

「それで、いまは？」

「存じません。小夜子さんが結婚してからは、疎遠になりましたからね。貸借関係も、なくなったわけですし……」

　赤塚は、そうこたえて、

「小夜子さんが、美由紀さんの事件と何か関係があるんですか？」

「いえ、そういうわけではありません。美由紀さんの身辺を、くわしく調べているところです」

と、蟹沢が言う。

「どうも、お邪魔しました」

と、相馬が頭を下げた。

この〈赤塚商会〉を出る。

「取り込み中でも、捜査を控えるわけにはいかないね」

「様子を見ますか」

エレベーターで十四階へ上がって、蟹沢が、〈神代商事〉のドアを押した。相馬が、つづいて入る。

入口の近くに応接セットがあって、その向こうに机があった。

女が二人、机に向かっている。奥の壁際の机に、男が一人いた。

三十半ばの女が立ってきた。この前、ここを訪ねて、神代に会ったとき、応対に出た女である。

「いらっしゃいませ。警視庁北多摩署の刑事さんですね」

おじぎをして、そう声をかけてくる。

「おぼえていてくれたんだね」

と、蟹沢は顔を和めて、

「失礼だが、あなたの、お名前は？」

「中井と申します」

「中井咲子さん？」

「ええ」

「あちらの方は？」

蟹沢は、もう一人の女に目を向けた。咲子より一まわり若く見える。

「浅見です」

と、咲子が言った。

「浅見真美さんですね」

「ええ」

咲子が、小さくうなずく。

真美は、こちらに目を向けていた。

奥の席の男も顔をあげて、蟹沢と相馬に目をそそいでいる。

「神代は出かけておりますが……」

と、咲子が告げる。

「金倉さんに、お目にかかりたい」

と、蟹沢が言った。

「わたしに、何か？」

奥の席の男が立ってくる。

額から頭頂部まで禿げた頭が印象的だった。鼻の頭を赤く光らせている。小柄で、小太りだった。地味なグレーのスーツで、白いワイシャツにブルー系のネクタイを締めていた。六十くらいに見える。

「金倉卓也さんですね？」

蟹沢は会釈をして、念を押すように訊いた。

「ええ、金倉です」

と、会釈を返す。

「わたしたちは、神代さんより一足先に、隠岐から帰ってきました」

「ほう、そうでしたか……」

吐息といっしょに、金倉の口から言葉がもれる。

「ちょっと、お訊きしたいことがあるんですが？」

「どうぞ、こちらへ」

金倉が、応接室へ請じる。

蟹沢と相馬は、テーブルをはさんで、金倉と向かい合うと、黒革のソファーに腰をおろした。

「警察犬の出動を要請して、焼火山《たくひさん》で、美由紀さんの遺体を見つけてくださったのは、警視庁の刑事さんと聞きましたが、あなた方でしたか。わたしからも、お礼申しあげます」

金倉が、膝に手を置いて、頭を下げる。

「犯人を一刻も早く挙《あ》げるために捜査しているところです。強盗殺人事件と報道されておりますが、そのような単純な犯行ではないと、おもいます。西ノ島の〈シーサイドホテル〉で、美由紀さんと泊まり合わせた男が偽名を使っています。そして、その男の身元は、いまだに、わかっておりません。整った顔立ちで、年は三十七、八、身長は一七〇センチくらいで、がっしりとした体格、そういう男に心当たりはありませんか?」

　と、蟹沢は訊いてみた。

「いいえ、ありません」

　金倉は、はっきりと言って、

「美由紀さんは、その男にねらわれたんでしょうか?」

「その可能性はあります。どんな娘さんでしたか?」

「頭がよくて、溌剌《はつらつ》とした、お嬢さんでした」

「神代さんは、美由紀さんに、この会社を継がせる気で、おられたんですね?」

「ええ。ご長男の秀樹さんは音楽家ですから」

「ところで、奥さまの小夜子さんは、ここへ来られるんですか?」

「たまに、いらしてます。非常勤の役員ということで……」

「小夜子さんには、須之崎和幸さんという弟さんがおられますね?」

「ええ」

「どこにおられるか、わかりますか?」

「ええ。奥さまの連絡先として住所が控えてあります」

「おしえていただけませんか。秀樹さんの住所も、おねがいします」

「承知しました」

と、金倉が立っていく。じきにもどってくると、ノートを繰って、

「須之崎和幸さんは、立川市羽衣《はごろも》町三丁目〈コーポ城山《しろやま》〉一〇四号室となっております。秀樹さんは、港《みなと》区六本木《ろっぽんぎ》六丁目の〈バラードハイツ〉八〇八号室です」

そう告げると、

「この、おふたりも、何か事件に関係があるんですか？」

「いいえ。そういうわけではありません。身内の方に当たって、あらゆる可能性を探るのが、わたしどもの捜査のやり方です」

蟹沢は、そう言葉を返して、

「神代さんから連絡はありますか？」

「あしたの夜遅く、美由紀さんの遺骨が帰ってくるそうです」

「こちらでの葬儀は？」

「いまのところ、決まっておりません。梨本の話によると、社長は、ひどく疲れているということなので、心配しております」

「お気の毒ですが、神代さんは、人に恨みを買うようなことはありませんか？」

「それは、ありません。おおらかで悪気のない方ですから」

と、金倉が語気を強めた。

犯人像

一

十一月四日の午後五時半ごろ、梶谷から蟹沢に電話がかかってきた。

このとき、蟹沢と相馬は、刑事部屋にいた。佐藤と久我も席にいる。

「きのう、洋一くんと節子が、新婚旅行から帰ってきたんだ。それで、きょう、わたしと節子は上京した。節子は、神代さんの家へ出かけていったが、わたしは、立川の〈グランドホテル〉にいる」

と、梶谷が告げた。

「それでは、これから、ホテルに伺います」

蟹沢が、はずみぎみに声を返した。

「いや。おれが、そちらへ行くよ。刑事部屋は、なつかしいからな」

「じゃ、お待ちしています」

蟹沢は、受話器を置くと、この電話の内容を佐藤や久我らに話した。

「ほう。梶谷さんか。ずいぶん久しぶりだねえ」

佐藤が、なつかしげに顔を和める。

「神代美由紀さんの葬式は、あしただったね」

蟹沢に目を当てたまま、久我が言った。

「そうです。午後一時からです」

蟹沢と相馬は、美由紀の葬儀の日時を聞いて、報告しているのである。

「梶谷さんと娘さんは、葬式に出席するんだね」

と、佐藤が真顔にもどる。

「そのための上京でしょう」

と、蟹沢は言った。

それから二十分ほど経《た》ったころ、梶谷が、姿を見せた。濃紺のスーツで、両手に紙袋を下げている。

「やあ、やあ」

漁師のように日焼けした顔に、笑みをうかべて、蟹沢と相馬に声をかけると、佐藤の前に歩み寄り、机に二つの紙袋を置いて、

「しばらくです。島の干物《ひもの》と塩辛《しおから》です。名物の白イカスルメも入ってます。打ち上げで一杯やるおりにでも、召しあがってください」

「やあ、これは、どうも。遠慮なく、いただきます。遠くから、たいへんでしたねえ」

佐藤が、満面の笑みで、親しげな声を返す。

梶谷は、久我に目を移すと、

「どうですか。この刑事部屋の居心地《いごこち》は？」

そう問いかけて、にこっと笑いかけた。久我は、定年になった梶谷の後釜《あとがま》なのである。

「いいですよ。みんなが、よくやってくれますので」

めずらしく、久我が、愛想のいい顔を見せる。

「どうぞ」

相馬が、椅子をすすめた。

梶谷が腰をおろす。

「船田係長が、よろしくと言っていた」

梶谷の表情が締まって、蟹沢に目を向ける。言葉をついで、

「船田さんの捜査によると、十月二十三日の午後三時ごろ、タクシーの運転手が、焼火山の駐車場で、別府のレンタカーを見かけているそうだ。車だけで、人は見ていないということだがね。その運転手は、客を焼火神社へ案内して引き返したんだが、そのときも、レンタカーは、まだ駐車したままだったそうだ」

「二十三日の午後一時ごろ、北岡の偽者は、別府でレンタカーを借りています。その車で、焼火山の駐車場へ走り、登山道を登って、犯行の舞台の下見をしていたんでしょう」

「船田さんも、そう言っていた。その運転手の供述を得ただけで、捜査の進展はないそうだ。ところで、カニさんのほうは、どうだね？」

「きのうは、美由紀さんの兄の秀樹さんに会ってきました。六本木の〈バラードハイツ〉というマンションの八〇八号室にいました。父親の神代さんに買ってもらったマンションだそうです。美由紀さんは父親似ですが、秀樹さんは似てません。顔の彫《ほ》りが深くて、痩せていて、神経質な感じです。年は三十三です。――親父は、無頓着《むとんちゃく》な面があって、誤解を受ける場合があるが、悪気がないから、人の恨みを買うようなことはない、と言ってます。ミュージシャンだそうで、ピアノがあり、ギターが、いくつも壁にかかってました。作詞作曲をやり、自分で歌うんだそうです。CDを何枚か出していると言ってました。あまり売れないそうですがね」

「演歌かね？」

と、佐藤が口を出す。

「もっと、むずかしい歌だそうです」

「それじゃ、ロックとか？」

「ニュー・ミュージックじゃないですか」

と、相馬が口を入れた。

「枯れ葉よぉー、というような歌だね」

と、佐藤が言う。

「それは、シャンソンです」

物知り顔で、久我が言った。

「夕食、いっしょに、いかがですか？」

蟹沢が、梶谷に声をかけた。

「そうしたいんだが、じきに節子がホテルへもどってくるんでね。わたしも、ホテルへ帰るよ」

「節子さんと、ふたりで夕食ですね」

「嫁に出しても、娘はかわいいもんでね。神代さんのつらさが、よくわかる。節子も、旅の疲れと事件のショックで、だいぶ落ちこんでいるんだ。いっしょにいてやりたくてね」

梶谷が、しんみりとした口調になる。

「それじゃ、またあした、お目にかかります」

「葬儀は、神代さんの屋敷だったね？」

念を押すように言いながら、梶谷が腰をあげる。

「そうです。わたしとウマさんは、早めに行ってます」

と、蟹沢も立つ。


翌、十一月五日。

蟹沢と相馬は、黒のスーツ姿で、神代の屋敷の門を入った。植え込みのあいだの敷石を踏んで、すすむと、玄関のポーチの前に若い男が立っていて、

「そちらへ、どうぞ」

南側の庭のほうを、手で差した。

広い芝生の庭には、屋根形のテントが二張り張られていた。湯茶の接待のテーブルや椅子が並んでいる。

庭に面した廊下には、焼香の台が置かれていた。その奥の座敷には、祭壇があって、美由紀の遺影は、まわりを白い菊の花で飾られている。祭壇の左右も、白い菊などの生花で埋められていた。ローソクの炎が、いくつも、ゆらめいている。

午後一時には、まだ二十分ほど間があった。

座敷には、男が二人いた。祭壇寄りにすわっているのが、秀樹だった。黒いスーツのせいで、いっそう痩せて見える。

隣の男も、ほっそりとしていた。鼻が高く、切れ長の目元が、小夜子と似ている。

「須之崎和幸だな」

その男に目をそそいで、蟹沢が言った。

「小夜子さんが四十三歳で、五つ年下だと、三十八です。年相応に見えるから、まちがいありません」

相馬も、須之崎と見た。

足が痺《しび》れたのか、秀樹が、あぐらをかいた。

須之崎も、膝をくずした。横座りになる。

そんな須之崎の様子を目に入れてから、蟹沢が受付けへ歩く。相馬も、つづいた。

受付けには、中井咲子がいて、

「ご苦労さまです」

と、声をかけてくる。

二人は、記帳した。

湯茶の接待の席には、〈神代商事〉の専務の金倉の顔があった。運転手の梨本もいた。浅見真美が、茶を注《つ》いでまわっている。

梨本が、二人を目にして、頭を下げた。

「このたびは、いろいろと、お世話になりました。本日はまた、お忙しいところ、わざわざ、お越しいただきまして……」

金倉が、丁寧《ていねい》に、おじぎをして、

「こちらが、わたしどもの社の草野でございます」

と、草野弘一を紹介した。

賃貸関係を担当している男である。頬が、ふっくらとして、柔和な顔つきだが、細い目に光があった。大柄で、でっぷりとしている。年は五十くらいか。

草野も、丁寧に頭を下げる。

梶谷と節子が、この席に入ってきた。

節子は、父親似だった。梶谷は、蟹沢より鼻が高い。それで、節子は十人並の器量だった。きりっとして、頭がよさそうな感じがする。だが、きょうは、目のまわりに疲労の色を滲《にじ》ませていた。黒のツーピースを、ぴったりと着ている。

「しばらくです」

　節子が、腰を折って、

「わたしが、美由紀を呼ばなければ、こんなことにならなかったのに。……蟹沢さんや相馬さんにまで、ご迷惑をおかけして申しわけございません」

「いやいや、節子さんのせいじゃない。わるいのは犯人だ」

　と、蟹沢は語気を強めて、

「ところで、節子さんから見て、美由紀さんは、どういう女性だったかな？」

「見た目は、女っぽいんですけど、気性は、しっかりしてました。ものおじしなくて、積極的でした。弱音《よわね》を吐かなかったし、愚痴《ぐち》など、こぼしたことがありませんでした。おじいさんは一代で財をなした方です。おじいさんに似てると言われていたんだそうです」

　そう言う節子も、はきはきと言い、つづけて、

「美由紀は、ストーカーに、ねらわれていたのではないでしょうか」

「うーん。さすがは刑事の娘さんだ。そういう見方も出来るね」

　蟹沢の口から唸り声がもれる。

「大学の同級生も参列するはずです。ストーカーの噂などあったか、どうか、訊いてみます」

「たのむよ」

　と、蟹沢は顎を引いた。

赤塚も顔を見せた。蟹沢と目を合わせて、会釈をする。〈ケービーエス〉の本多も、目顔で蟹沢に挨拶をした。

しだいに、会葬者が多くなる。

座敷に、神代と小夜子、秀樹、須之崎が並んだ。金倉も、座敷へ上がった。お手伝いの鈴村徳子が末席にすわる。

神代の頭髪は、白髪が多くなっていた。黒のスーツの体つきも、一まわり小さくなったようだった。目のまわりを黒ずませている。肩を落として、うつむいていた。

小夜子は、黒の和服だった。黒く艶《つや》やかな髪をアップに結《ゆ》いあげている。白い襟《えり》首が際立って美しかった。そして、夫とは対照的に、顔をあげ、しゃんと背すじを伸ばしていた。

「神代さんの奥さんは、美しすぎるね」

蟹沢の隣で、梶谷が言った。

紫の衣《ころも》に金色の袈裟《けさ》を付けた僧侶が、祭壇の前にすわった。

香の煙が立ちのぼる。

僧侶が、木魚を叩きながら、お経を唱《とな》えはじめた。

蟹沢と相馬、梶谷の三人は、焼香をすませると、節子を残して、この屋敷を出た。

「着替えて、ホテルへ伺います」

二人は、立川駅で梶谷と別れて、署へもどった。

蟹沢は、地味なグレーのスーツに、相馬は、ブルージーンズと薄手の黒の革ジャンに着替えて、署を出た。立川の〈グランドホテル〉のロビーで、ふたたび梶谷と顔を合わせる。ロビーの喫茶コーナーで、コーヒーを飲んでいると、節子が帰ってきた。

「大学の同級生は、五人来ていました」

と、節子が告げる。言葉をついで、

「だれも、ストーカーのことなど、美由紀から聞いていないそうです。よく考えてみると、ストーカーなら、美由紀が隠岐へ行くことなんか知るわけありませんものね」

「たしかに、そうだね。犯人は、美由紀さんが、西ノ島へ行くことを知っていた。そして、盗難の運転免許証を使って、北岡という男になりすました。カメラマンという触れ込みでね。計画的であることは、まちがいない。ほかにも、何か話が出たの？」

と、蟹沢が問いかける。

「男性関係のことですけど、出たのは、湯山さんのことだけでした。高校のころからのボーイフレンドなので、彼のことは、みんなも知っていました。最近になって、結婚の約束をしたのに、父が許してくれなくて困っていると、美由紀は言ってたそうです」

「節子さんは、ふたりが、いっしょに隠岐に行ったこと聞いてなかったの？」

「ええ。結婚式で話す暇がなくて」

「湯山さんは、〈シーサイドホテル〉で一泊しただけで、先に帰っている。どうして先に帰ったのか、湯山さんに当たったが、痴話喧嘩しただけと、わかった」

「きょうは、いらしてなかったようですね」

「父親が猛反対していたんではね」

「わたしのカンなんだがね」

と、梶谷が口を入れて、

「神代夫妻が並んだところを見て感じたんだが、似合いの夫婦じゃないね。奥さんは美しすぎる。それに若い。神代さんは、娘さんを亡くしたせいもあるが、男として、もう多分に衰えが見える。ふたりのあいだは、うまくいってないんじゃないか」

「奥さんの小夜子さんは、ブティックを経営していて、五千万円の負債を背負っていました。その負債を神代さんに肩代わりしてもらって、結婚したんだそうです」

「それじゃ、五千万円で買われたようなものじゃないか」

「ま、そういうことですね」

「これも、わたしのカンだがね。あの小夜子さんは、どうも不吉な感じがするんだ」

「美由紀さん殺しは、小夜子さんが、からんでいるということですか？」

「そこまでは、わからない。ただ、なんとなくね」

梶谷が、そう言って、思案げな顔になる。

「申しわけないんですけど……」

と、節子が口をはさんで、

「疲れたので、部屋でやすみます」

「ご苦労さん。気に病《や》まないほうがいいよ。美由紀さんの事件は、節子さんのせいじゃないんだからね」

やさしく、蟹沢が言う。

「失礼します」

節子が、おじぎをして背中を見せる。

「先輩は？」

と、蟹沢が訊いた。

「ちょっと早いが、一杯やるか」

「いいですね」

相馬の長い顔が、ほころぶ。

「だけど、早めに帰るよ。節子がいるからね。あしたは、朝、チェックアウトして、新幹線で大阪へ走り、大阪空港から隠岐へ飛ぶ予定だ」

と、梶谷が告げる。

二

——十一月六日。

早朝、梶谷と節子は、立川の〈グランドホテル〉をチェックアウトして、立川駅から快速電車で東京駅へ向かった。

梶谷に、見送らなくていい、と言われていたので、蟹沢と相馬は、いつものように出署した。

〈バーのママ強盗強姦殺人事件〉の特捜本部は、高瀬ルミ子のマンションから発見された三十七枚の借用証文と、約六百枚の客の名刺を、あらためて洗いなおしていた。

犯人像は、中背で、すらっとしていて、年は三十から四十、鼻が高くて、いい男、となっている。そして、血液型はB型だ。ルミ子から金を借りた男や客の中から、該当者を選び出して、ルミ子の死亡推定日時の十月二十四日の午前一時前後のアリバイを当たっていく。しかし、該当者を選び出すだけでも容易ではなかった。

二名一組の刑事らは、借用証文や名刺のコピーを手分けして持ち、それぞれ捜査に出かけていく。

「小夜子さんは、不吉な感じがする、と言った梶谷さんの言葉が引っかかるね」

蟹沢は、相馬に言った。

「五千万円で買われて結婚したとすると、神代さんにたいする愛情が、ないかもしれませんね」

「うん。当然考えられる。小夜子さんの身元や男関係が問題になる」

「よく知ってるのは、やっぱり赤塚さんじゃないですか」

「よし。また当たってみるか」

二人は、捜査専用車で、西新宿二丁目へ走った。

〈神代ビル一号館〉に入り、五階に上がって、〈赤塚商会〉を訪ねる。

「また来ました。たびたびで申しわけありません」

と、蟹沢は頭を下げた。

相馬も、おじぎをする。

「いや、ま、どうぞ」

赤塚は、嫌な顔を見せずに会釈を返した。

「きのうの葬儀では、小夜子さんの黒の和服姿が、いちだんと、きれいでしたね」

と、蟹沢が切り出す。

「亭主を亡くした女房の喪服姿は、きれいなものです」

赤塚は、そう言葉を返して、顔を和めた。

「神代さんは、生きておられますよ」

「あ、そうか。いまのは失言です」

と、赤塚が苦笑を見せる。

「小夜子さんと知り合いになられたのは、いつですか？」

「六年ほど前です。小夜子さんが、このビルの一階で、ブティックをはじめてからです」

「それ以前の小夜子さんを、ご存じないわけですね？」

「ええ」

「一千万円を無担保で、お貸しになったのは、三年ほど前でしたね？」

「そうですよ」

「ルミ子さんにも、〈ルミ〉の開店資金を、お貸しになりましたね」

「ええ」

「そして、ルミ子さんと肉体関係があったんでしたね？」

「ええ、まあ……」

「小夜子さんとも、肉体関係があったんじゃありませんか？」

蟹沢が、突っこんで訊く。

「神代さんの奥さんですよ」

と、赤塚が言い返した。

「神代さんが、小夜子さんと結婚なさったのは二年前で、一千万円を、お貸しになったのは三年前ということですよね？」

「ええ」

「融資なさったころ、小夜子さんは独身でしたね？」

「わたしから、何が訊きたいんですか？」

開きなおったように、赤塚が訊き返す。

「この前お伺いしたとき、小夜子さんに色恋沙汰はあった、そうおもうと、おっしゃいましたね？」

「神代さんと結婚するまで、ずうーっと旧姓のままだったんですからね」

「その色恋沙汰のこと、ご存じありませんか？」

「わたしが知り合ったころからは、ないとおもいますがね」

「小夜子さんは、ファッション関係の仕事をしていて、モデルもやり、デザイナーになって、ブティックの経営をはじめたんでしたね？」

「ええ。そのように聞きました。自分の名前を付けたブランド品を売ってましたよ」

「身内は、弟の須之崎和幸さんが、ひとりきりなんですね？」

「ええ、そうです。やはり、小夜子さんが事件に関係しているんですね？」

赤塚が、探るような目つきになる。

「いえ、そうではありません。小夜子さんは、美由紀さんの義理の母親だから調べているだけです。つまりは、美由紀さんの身辺捜査です」

蟹沢は、そうこたえると、頭を下げて、腰をあげた。

「お邪魔しました」

相馬も立って、おじぎをする。

この〈赤塚商会〉を出て、一階に降りた。

捜査専用車に乗りこむ。

北多摩署へもどった。刑事部屋に入ると、

「どうだったかね、いいネタでも拾えたかね？」

と、佐藤が訊いてくる。

「いえ。捜査は無駄の積み重ねです」

蟹沢は、そう言葉を返した。

「無駄飯を食いに行きますか」

相馬が、蟹沢に声をかける。

もう午後一時をまわっている。

「おいおい、ウマさん。そりゃ、意味がちがうよ。無駄飯を食うというのはだね、仕事をしないで、飯ばかり食べるということなんだよ」

久我が口を出して、解説する。

「仕事をして飯を食うのは、なんて言うんですか？」

と、相馬が訊いた。

「そんな当たりまえのことは、なんとも言わない」

久我が、しぶい顔になる。

蟹沢と相馬は、この刑事部屋を出た。

バス通りを立川駅の方向に歩き、右折して、錦町に入る。

行手に、〈ラーメン・栄屋〉の看板が見えた。

その店に入る。

「いらっしゃい」

店主の森下が、カウンターの中から、にこっと笑いかけてくる。

洗い物をしていた若い男も顔をあげて、蟹沢と相馬を見た。

三人の客が、ラーメンをすすっている。

「ビールを一本ずつもらって、おれは、ギョーザ」

と、蟹沢が注文する。

「わたしは、ギョーザ二人前」

つづけて、相馬が言った。

まず、ビールを流しこむ。

若い男が、二人の前に、ギョーザを並べた。

三人の客が、出ていく。

「〈ルミ〉のママのことなんだがね」

箸を置いて、蟹沢が切り出した。つづけて、

「年のころは、三十から四十、背は高くもなく低くもなく、すらっとしていて、鼻が高くて、いい男。こんな男と、いっしょに来たことはなかったかね?」

「須之崎さんじゃないですかね」

ちょっと間を置いてから、森下が言った。

「須之崎さん?」

蟹沢の目に光が増す。

「ええ。ママは、スノちゃんと呼んでました」

「須之崎さんで、スノちゃんか」

蟹沢が、相馬と顔を見合わせる。

相馬は、グラスを置いた。

「その須之崎さんの名前は？」

と、蟹沢が訊く。

「名前は聞いてません」

「年は？」

「三十半ばくらいですかね」

森下が、そう言ってから、

「まさか、須之崎さんが……」

「いやいや、あやしいというわけではない」

「ほっそりとしていて、おとなしい人ですよ」

「何度か、ママといっしょに来てたの？」

「五、六度ですかね」

「ずうーっと以前から？」

「いいえ。ここ半年ほどでした」

「どこの人？」

「羽衣町だそうです」

「何丁目かな？」

「そこまでは聞いてません」

「ママとの仲、どう見えた？」

「ママのほうが、ベタベタしてました」

「そうか。スノちゃんね」

蟹沢が、そう言って、ビールを流しこむ。ギョーザをつまんだ。

相馬が、グラスを干《ほ》して、手酌で注ぐ。

「やっぱり、須之崎さんが事件に関係してるんですね？」

と、森下の顔が困惑げになる。

「いや。いろいろ情報を、あつめているんだ。何人かに当たっているところでね」

蟹沢は、ギョーザをつまんだ。

「ラーメンとチャーハン、ください」

と、相馬が注文する。

「わたしは、ラーメンだけ」

蟹沢が、つづけて言った。

「はい」

森下が背中を向けて、ラーメンを作りにかかる。

それから間もなく、二人は、この店を出た。

「須之崎和幸の住所は、羽衣町三丁目、〈コーポ城山〉の一〇四号室だったね」

蟹沢が、ギョロッと目を光らせて、足を止める。

「ええ。須之崎という名字も、めずらしいし、羽衣町という住所も合いますね」

相馬は、立ち止まって腹を撫でた。

「よし、当たってみよう」

二人が歩き出す。

南武線の踏切を渡って、羽衣町に入った。右にまがって、二丁目から三丁目にすすむ。

〈コーポ城山〉は、外壁の色が判然としない、古びた木造モルタル造りの、二階建てのアパートだった。廊下が通りに面していて、一階、二階ともに四つずつドアが並んでいる。

通りをはさんで真向かいに八百屋があった。平屋で、この店も古びていた。〈八百安〉と看板が出ていて、野菜や果物などが並んでいる。白髪頭に白いタオルで鉢巻をした男が、店先《なか》の椅子に腰をかけて、通りを眺めていた。日焼けした顔に深い皺《しわ》が刻まれている。年は七十半ばに見えた。

蟹沢と相馬は、この鉢巻の老人の視線をあびながら、〈コーポ城山〉の一階の廊下に入った。

一〇四号室は、一階の向かって右端の部屋であった。

〈須之崎〉と表札が出ている。

蟹沢が、ドアをノックした。

「どなたですか？」

ドア越しに、男の声が訊いてくる。

「警察のものです」

と、蟹沢が告げた。

ドアが開いて、男が顔を見せる。

きのうの葬儀のおり、神代秀樹と並んで座敷にすわっていた男だった。鼻が高く、顔立ちが、小夜子に似ていて、中背で、すらっとしている。白いシャツにブルーのカーディガンを重ねていた。

「須之崎和幸さんですね？」

と、蟹沢が問いかける。

「ええ」

須之崎が、短く返事をした。

「北多摩署の蟹沢と申します。こちらは相馬です」

そう紹介し、警察手帳を見せて、

「きのう、わたしたちも、神代美由紀さんの葬儀に参列しました。あなたは座敷におられましたね？」

「ええ」

「わたしたちに、お気づきになりましたか？」

「いいえ」

「ちょっと、お邪魔していいですか？」

「どうぞ」

と、須之崎が退《さ》がる。

蟹沢と相馬は、せまい玄関に入った。

「〈ルミ〉のママの高瀬ルミ子さんを、ご存じですね？」

蟹沢が、肝心《かんじん》な質問にかかる。

「ええ」

「いつから、あの店に？」

「ここへ越してきてからです」

「ここへ来たのは、いつですか？」

「もうじき一年になります」

「以前は、どちらに？」

「原宿にいました」

「あの店へ行くようになった、きっかけは？」

「兄に連れていってもらったんです」

「神代さんに？」

「ええ」

「義理の兄さんということですね？」

「そうです」

「あの店へは、よく行ってましたか？」

「月に二、三度です」

「先月、十月の二十三日の晩、あの店へ行きましたか?」

蟹沢が、おだやかに質問をつづける。

相馬は、須之崎の表情を見つめている。

「いきなり、そう訊かれても……」

須之崎は、とまどうような気配を見せると、

「ちょっと待ってください。手帳を見ます」

そう言って、背中を見せた。部屋へ入っていく。じきに、もどってくると、

「先月の二十三日は、夕方、彼女が来たので、ここにいました。彼女が帰ったのは、翌朝ですから、二十三日の晩は外に出ておりません」

はっきりとした言葉つきで、そうこたえた。

「二十三日の夕方から、二十四日の朝まで、彼女といっしょだったということですか?」

「ええ。そうです」

「その彼女は、どこの、どなたですか?」

「それは、言えません。彼女のプライバシーにかかわることですから」

「それでは、アリバイになりませんね」

「どうして、わたしのアリバイが必要なんですか?」

「〈ルミ〉のお客さん、みなさんに伺っているところです」

「二十三日は、昼ごろ、前の八百屋でバナナを買いました。あのジイサンは、毎日、置物のように店先にすわってます。彼女が来て出ていくのを見ているとおもいます。わたしの言うことが、ほんとかウソか、訊いてみては、いかがですか？」

須之崎が、ちょっと挑発的な口ぶりになる。

「彼女は、何時に来て、何時に帰ったんですか？」

蟹沢の、おだやかな口調は変わらない。

「夕方の六時ごろに来て、朝の十時ごろ帰りました」

「〈ルミ〉のママが殺されたのは、二十四日の午前一時ごろですよ」

「そのことなら、新聞で見て知ってます」

「失礼ですが、あなたの血液型は？」

「それも、わたしのプライバシーにかかわることです」

「調べたら、わかることですよ」

「それでは、調べてください」

「ええ。調べます」

「それより、美由紀を殺した犯人を早く挙げてください」

と、須之崎が声を大きくする。

「犯人は逃がしません。かならず逮捕します」

蟹沢は、きっぱりと言った。

この一〇四号室を出る。

須之崎は、ぴしゃっとドアを閉めた。

隣の一〇三号室には、〈脇田《わきた》〉という表札が出ている。

「バーテンの西井のアパートとおなじで、隣の物音が聞こえそうだね」

と、蟹沢が言う。

「当たりますか？」

「いや。八百屋のジイサンが先だ」

通りを渡って、タオルで鉢巻をした老人に歩み寄る。

「ご主人ですね？」

顔を和ませて、蟹沢が話しかけた。

「ええ、そうですよ」

老人は、背すじを伸ばすようにして、二人をあおいだ。

「お伺いしたいことがありましてね」

蟹沢が、そう言って、警察手帳を見せる。

「刑事さんかね？」

「ええ。北多摩署です」

「それじゃ、近くだね」

「ここは、うちの管内です。失礼ですが、お年は？」

「七十八」

「ほう。お若いですね」

蟹沢は、ギョロ目を大きくして、

「お名前も聞かせてください」

「三浦安吉《みうらやすきち》です」

「それで、〈八百安〉さんですね」

「そうそう」

三浦が、笑みを見せて、いっそう皺を深くする。

「いつも、ここで、こうして、すわっておられるんですか？」

「うん。家の中で、バアサンと顔を突き合わせているより、往来を眺めているほうが、気分がいいからな。近くにスーパーが出来て、客は少なくなったが、ここにいると、通りがかりに声をかけてくれる人もいるんでね」

三浦は、タオルの鉢巻を取って、顔を拭き、

「あんたたち、須之崎さんの部屋へ入っていったね？」

「ごらんになっていたんですね？」

「まだ目は見える」

「須之崎さんは、どういう人ですか？」

「以前は、若い娘さんがいたんだが、結婚して出ていったんだ。そこへ引っ越してきた」

「越してきたのは、いつですか？」

「一年くらい前かな。勤め人じゃないね。ブラブラしてるよ。パチンコでもしてるのかな」

「女が、訪ねてくることがありますか？」

「ああ、あるよ」

「先月の二十三日ですがね。須之崎さんの部屋へ女が来ましたか？」

蟹沢は、声を大きくして訊いた。

「そんな大きな声を出さなくても聞こえてる」

三浦が、不機嫌そうな声を出す。

相馬が、吹き出しそうな顔になった。

「先月の二十三日ねえ……」

三浦が、思案げな顔になる。

「昼ごろ、バナナを買ったそうですよ」

「最近、バナナは安いからねえ。そうか、あの日か。須之崎さんが、いいバナナだな、と言ったので、きのう仕入れたばかりだ、と言ったんだ」

「仕入れた日、わかりますか？」

「いま帳面見るから」

三浦が、そう言い置いて、奥へ立っていく。もどってくると、

「二十二日だった」

「すると、先月の二十二日に仕入れたんですね？」

「そうそう。そして、つぎの日の昼ごろに、須之崎さんが、バナナを買いにきたんだ」

「それじゃ、二十三日に、まちがいありませんね？」

「ああ」

「その日、須之崎さんの部屋へ女が来ましたか？」

「ああ、来たよ。夕方にね」

「何時だったか、おぼえてますか？」

「まだ、モウロクしていない」

「ええ。しっかりしておられますよね。女が来たのは、何時でしたか？」

「六時ごろだな」

「その女が帰っていったのは？」

「つぎの日の朝だ。いつも九時に店を開ける。それから、一時間くらい経ったころだったな」

「それじゃ、二十四日の午前十時ごろですね？」

「そうそう」

「どんな女ですか？」

「いい女だよ」

「年は？」

「三十くらいかな」

「ありがとう。わかりました。……ところで、隣の一〇三号室には、〈脇田〉という表札が出てますね?」

「ああ、あれは学生さんだ。大学の試験の勉強をしているそうだ」

「男ですか?」

「うん。ちかごろは、女の大学生もいるがね」

「予備校へ行ってるのかな?」

「ああ、行ってるよ。行かない日もあるがね」

「きょうは?」

「出てこないから、部屋にいるんじゃないかね」

「よく見てるんですね」

「目は見えると言ったろ。野菜を食べているから元気なんだ。体には、肉より野菜がいい。バナナは精がつくよ。昔は病気見舞いに持っていったもんだ」

「いろいろ聞かせていただいて、どうも」

蟹沢は、会釈をすると、通りを渡り返した。

相馬が、つづく。

一〇三号室の前に立つ。

蟹沢が、ドアをノックした。

「はぁーい」

男の声が聞こえて、ドアが開く。

「脇田くんだね？」

蟹沢が、気さくに声をかけた。

「ええ、そうですけど……」

脇田は、顔の輪郭が丸くて童顔だった。体つきも、小太りで、ずんぐりしている。グレーのセーターに黒のトレパンを穿《は》いていた。

「ちょっと訊きたいことがあってね」

蟹沢は、声を低め、警察手帳を見せて、

「入っていいかね？」

「ええ」

脇田が退がる。あがりかまちに立って、怪訝《けげん》げな目で二人を見た。

「名前を、おしえてくれるかな？」

「篤《あつし》です」

「脇田篤くんか。年は？」

「十九です」

「予備校生だそうだね？」

「ええ、そうです」

「どこの大学、ねらってるの？」

「決まってません。いくつか受けますから。ぼくに何か?」

「きみのことじゃないんだ。隣の須之崎さんのことだがね」

と、蟹沢は告げて、

「隣の物音、どう?」

「わりと聞こえます」

「先月の二十三日の晩、須之崎さんの部屋から何か聞こえた?」

「ああ、あの晩か。女が来てたんですね。それで、あれしている声が聞こえてきて……」

「よくおぼえているね」

「つぎの二十四日に模擬試験があって勉強してたんです。すると、女の泣き声とか聞こえてきて、ほんと困りました」

「それ、何時ごろ?」

「一時ごろです。正確に言うと、二十四日の午前一時ごろです」

「男の声は?」

「聞こえてきました。唸《うな》り声とかも。勉強してるから、やめてくれとも言えないし。……困りますよね」

「はじめると、やめられないもんだしね」

「そういうもんなんですか?」

と、脇田が訊いてくる。

「うん。まあ、ね」

蟹沢は、自分で言っておきながら、苦笑をもらして、

「ところで、女は、ちょくちょく来てるの？」

「十日に、いっぺんくらいです」

「その女を見かけたことは？」

「いいえ、声だけです」

「はじめて聞いたのは、いつ？」

「夏期講習が、はじまったころですから、八月のはじめです」

脇田の言葉つきは、はっきりとしている。

「わかった。どうもありがとう」

蟹沢は、にこっと笑いかけた。

「耳栓でもして、がんばってね」

相馬も、顔を和めて声をかける。

尾行張り込み

一

蟹沢と相馬は、刑事部屋にもどると、須之崎和幸の捜査の経緯について、佐藤や久我、黒田らに報告した。

森や鴫田らも、居合わせた。

「須之崎には、まだ何か引っかかります。すっきりしないんですよ。見た目は優男《やさおとこ》ですが、話し合うと、したたかです。彼女のことも、自分の血液型も言わないんですからね」

蟹沢は、その言葉どおり、すっきりしない顔だった。

「しかし、ラーメン屋の親父が、似ていると言っただけだし、八百屋のジイサンと隣の受験生の供述から、アリバイは完璧なんだからね」

久我は、銀ブチのメガネを光らせて、蟹沢を見た。

「完璧すぎるのが、気に入りません。バナナを買ったのも、アリバイ工作のように、おもえるんですがね」

蟹沢は、久我を見返し、つづけて、

「美由紀さんの葬式のとき、須之崎は、座敷で横座りになっていました。カマっ気があるんじゃないかと、おもったんです。ところが、どうしてどうして、いまも言ったように、したたかなんですよ」

「横座りになると、どうして、カマっ気があるんですか？」

と、鴨田が口を出す。

「男なら、だれだって、あぐらをかくだろ。あぐらのほうが楽だからね。女のように横座りにはならないものだ」

蟹沢は、鴨田に目を移した。

「男だって、横座りになりますよ。あぐらのかけないヤツだっているんです。若いヤツが多いですけどね。膝が左右に平らに開かないで、立膝みたいに立っちゃうんです。いつも、あぐらをかくのは、年式の古い人間じゃないですか」

「おいおい、カモさん。すると、おれは、年式の古い人間か？」

「いいえ。係長のことを言ったわけじゃありません。でも、あぐらをかくのは、年寄りが多いですよね」

「すると、道端で、ウンコ座りをしている連中は、年式の新しい人間ということかね？」

「あのウンコ座りは、わたしたちには苦しいね。ちかごろは、トイレも洋式で、しゃがむことが少なくなっているからね」

と、佐藤が口を入れた。

「ウンコ座りじゃなくて、せめて、ウンチング・スタイルと言ってください」

と、鴨田が苦笑する。

「話を、もどそう」

久我が、声を大きくする。

「須之崎の名刺は、なかったですね」

と、森が言った。

「うん、なかった」

久我が、言葉を返す。

「借用証文にも、須之崎の名前はなかったんじゃないか」

つづけて、佐藤が言った。

「犯人は、借用証文や名刺のない男という可能性もあるわけだ」

黒田が、口をはさむ。

「そうなると、捜査は、ますます、むずかしくなるね」

佐藤は、顔を翳《かげ》らせた。

「三十八という年齢、中背で、すらっとした体型、それに鼻が高くて、いい男。須之崎は、犯人像に、ぴったりなんですがねえ」

蟹沢が、まだ、こだわりを見せる。

「しかし、アリバイは完璧だ。須之崎は、はずしたほうがいい。神代という大金持ちが後ろに控《ひか》えているんだからな。下手《へた》に突っつくと、優秀な弁護士を差し向けられて、ひどい目に遭《あ》う。さわらぬ神に祟《たた》りなしだ」

久我が、蟹沢に目を向けて、押さえるように言った。

「バーテンの西井の協力は、どうなっているのかね？」

だれとはなしに、佐藤が問いかける。

「西井は、就職口を探しまわってます。協力どころじゃないようですよ」

鴨田が、こたえた。

「重要参考人も浮かんでこないね。捜査は、とうとう壁にぶつかったか」

佐藤が、天井をあおいで、吐息《といき》まじりの声を出す。

「やはり、名刺をたよりに、コツコツと地道に当たっていくより手はありませんね」

しめくくるように、黒田が言った。

蟹沢と相馬は、小夜子の経歴を調べた。ファッション関係の仕事をしていて、モデルをしていたのなら、ファッション雑誌や女性雑誌に載ったことがあるのではないか。モデルなら、カメラマンも知っているだろう。そう睨《にら》んで、出版社の編集部や、カメラマンらに当たったが、小夜子のことは、だれも知らなかった。

佐藤の言葉どおり、捜査は壁にぶつかったかに見えた。

相馬の住居は、北多摩署から歩いて二十分ほどの距離にある、三階建てのワンルームマンションの三〇二号室である。

大二郎から、このマンションへ電話がかかってきたのは、十一月十四日の午前七時前であった。

「朝飯《あさめし》、食べてたんじゃないの？」

身内同様に、大二郎が訊いてくる。

「食いおわったところだ」

「御飯、それとも、パン？」

「トーストだ」

「何枚？」

「一斤《きん》」

「へーえ。やっぱり食う単位が、ちがうんだね」

「どれだけ食おうと、おれの勝手だ。おまえのように他人《ひと》の金で食ってるわけじゃない」

「ウマさん、それは、ないよ。いいネタを提供しようとおもってるのに……」

「何か、あったのか？」

相馬の目に光が萌《きざ》した。

「国立の富士見台に、神代という屋敷があって、そこの娘さんが、隠岐の島で行方不明になったので、カニさんとウマさんは、隠岐へ出かけたんだったね？」

「ああ。八ケ岳パーキング・エリアで、おまえに話したろ」

「うん。ところが、その娘さん、隠岐で殺されていたんだね」

「よく知ってるな」

「新聞、読んでるからね。犯人は、まだ、つかまっていないよね」

「ああ、捜査中だ」

「富士見台二丁目の、あの神代屋敷、大きいよね。生け垣の手入れもいいから、金がありそうだし……」

「まさか、おまえ……」

相馬の声が、おもわず大きくなる。

「下見しただけ。あそこの奥さん、白髪の旦那より、だいぶ若くて、きれいだよね」

「うん。後妻だからな」

「名前は、小夜子だろ？」

「へーえ。名前まで調べたのか？」

「郵便物でね」

「やるじゃないか」

「年は四十くらいだね」

「ああ、四十三だ」

「おれだって、一発おねがいしたいくらい、いい女だよね。ウマさんだって、そうだろ?」

「おれには、捜査の目標だ」

「あの女、男がいるよ」

「なにっ、男が。ほんとか?」

「ああ。きのう、昼ごろから張り込んでいたんだ。車を離れたところに置いて、屋敷の門の見えるところからね。すると、一時ごろ、あの女が、くぐり戸を開けて出てきたんだ。黒のキャップに黒のパンツで、白と黒のチェックのジャケットだった。黒いデイパックを肩にかけて、スポーティーなスタイルでね」

「へーえ。よく見てるな」

「おれの観察眼、するどいからね」

「プロだもんな、ノビの」

「一言《ひとこと》よけいじゃないの」

「それで、どうした?」

「通りへ出たとき、キャップを目深《まぶか》にかぶりなおしたから、気になって、あとをつけたんだ。サングラスもかけたしね。桜通りへ出ると、矢川《やがわ》通りの方向へ歩いていった。すると、歩道際に、白のクラウンが停《と》まっていた。乗っていたのは、運転席に男が一人だけだった。あの女は、助手席のドアを、さっと開けると、その車に乗りこんだ。そして、すぐに走り出し、先の交差点で左折して見えなくなった。車のナンバーを読みとる暇もなかった。多摩ナンバーだけは、わかったけどね。それからも、張り込みをつづけると、四時半ごろ、あの女が帰ってきた。近くで車を降りたのだろう。歩いてきて、くぐり戸を開けて入っていった」

「運転席にいたのは、どんな男だった？」

「後ろからだからね。男とわかっただけだ」

「その車の停まっていた場所、おしえてくれないか？」

「ああ、いいよ」

「桜通りは一本道だ。おまえの車なら、わかる。黒のローバーミニだからな。午前十時に桜通りで、どうだ？」

「うん、わかった。ウマさんも車だね？」

「捜査専用車だ」

「おれを追いかけるつもり？」

「そうそう。じゃ、たのむ」

「オーケー」

大二郎が、電話を切る。

相馬は、このあとすぐ、蟹沢の自宅へ電話をかけた。蟹沢が出ると、大二郎の電話の内容を告げた。

そして、二人は、午前九時三十分に、捜査専用車で、北多摩署の駐車場を出た。

バス通りを走って、羽衣町二丁目から国立市内に入る。右折して、学園通りを渡り、桜通りへ出た。左右の歩道に桜並木が連なっている。大学通りの方向へすすむと、向かい方の歩道の際に、黒のローバーミニが停まっていた。

Uターンして、そのローバーミニの後ろに車を停める。

大二郎が、にこにこしながら、車を降りてきた。

蟹沢と相馬も、車を出る。

「白のクラウンが停まっていたのは、ここか？」

いきなり、相馬が問いかける。

「うん、ここ」

大二郎が、小さくうなずく。

蟹沢は、あたりに、ギョロ目をくばった。

この通りには、まだ家並がとぎれて、空地や畑のところがある。その空地の前だった。

「なるほど。ここなら、人目は通行人だけだな」

蟹沢が、首を縦に振る。

「不倫だから、人目を忍んでということですね」

と、相馬が言った。

「小夜子には、やっぱり男がいたか。よくやったと、ほめるわけにはいかないが……」

蟹沢が、苦笑をもらして、大二郎を見やる。

大二郎が、ニヤッとわらって、首をすくめた。

「くわしい話は、車の中で聞こう」

蟹沢が、真顔になる。

三人は、捜査専用車に乗りこんだ。

相馬は、運転席に、蟹沢と大二郎は、リアシートにすわった。

「いつから、下見をやってたんだ？」

と、蟹沢が問いかける。

「きのうで四日目。一日中、張り込んでるわけじゃないけどね。だけど、家族のことや、人の出入りは、だいたい、つかめた」

大二郎が、言葉つきに、ノビの自信を覗《のぞ》かせる。

「話してくれ」

蟹沢が、うながす。

「あの屋敷にいるのは、白髪の旦那と、後妻の小夜子、お手伝いのバアサンの三人きりだ。朝の九時に、運転手が、軽自動車でやってきて、ガレージから黒のベンツを出し、代わりに軽自動車を入れる。門が開くのは、それからだ。旦那が出てきて、ベンツに乗りこむ。小夜子とバアサンが見送って、門が閉まる。小夜子が外出するのは、午後が多い。出入りは、門のわきのくぐり戸を使っている。バアサンは、裏の勝手口から出入りしていて、表には顔を見せない。旦那が帰ってくるのは、七時か八時ごろだ。ベンツが到着すると、門が開いて、小夜子が迎える。運転手は、ベンツをガレージに入れて、軽自動車で帰っていく」

「小夜子の尾行は？」

「きのうが、はじめてだ。様子が、いつもと、ちがっていたからね。美容院へ行ったらしく、髪が、きれいになって帰ってきたこともあるし、デパートの紙袋をさげて帰宅したこともある。キャップをかぶって出てきたのは、はじめてだった。そして、顔を隠すように目深にかぶりなおしたから、あとをつける気になったんだ。ま、おれのカンだけどね」

「うん、いいカンだったな」

蟹沢が、大二郎を見やって、首を縦に振る。

「どうしますか？」

振りむいて、相馬が訊いた。

「きのう、男と密会したのなら、きょうは会わないだろう。あしたから張り込むか」

蟹沢が、目を前に向ける。

「張り込みは、昼からで、いいとおもう。そして、キャップをかぶって出てきたときだけ、尾行すりゃ、いいんだ。おれも手伝うよ。あの車なら、おぼえている。年式の古い白のクラウンで、多摩ナンバーだ。また、きっと、ここに停める。おれも、このへんに車を停めて張り込むよ」

大二郎が、気負いこんだ声を出す。

「おまえの黒のローバーミニは目立つ。おれの車を使え」

と、相馬が言った。

「ウマさんの車は？」

「年式の古いブルーのカローラだ」

「うーん。年式が古いか」

蟹沢が、唸り声をもらす。

二

――十一月十五日。

昼ごろから、蟹沢と相馬、大二郎の三人は、小夜子の張り込みをはじめた。

蟹沢と相馬は、神代の屋敷の門が見えるところ、そして、小夜子が、桜通りへ向かうことを予想して、桜通りとは反対側に車を停めた。

捜査専用車である。目立たない白のブルーバードだ。二人とも、小夜子と面識がある。相馬は、グレーの野球帽をかぶり、薄い色のサングラスをかけて、運転席にすわった。蟹沢は、カーキ色のピケ帽をかぶり、鼻の下に付け髭《ひげ》をつけて、リアシートに尻を沈めた。

大二郎は、ブルーのカローラを桜通りに停めた。多摩ナンバーで、年式の古い白のクラウンが停まっていた場所から、五〇メートルほど後方であった。

そして、相馬と大二郎は、連絡用の携帯電話を持っていた。短縮ダイヤルをセットして、ボタンを一つ押しただけで、おたがいに通じるようになっている。

この日は、午後二時ごろから雨になり、小夜子は、外出しなかった。

――十一月十六日。

張り込みはじめたころ、雨が上がった。小夜子は、午後一時ごろ、門のわきの、くぐり戸から姿を見せた。レンガ色のスーツ姿だった。尾行しないで見送ると、午後五時半ごろ、デパートの紙袋をさげて帰ってきた。

――十一月十七日。

小夜子は、姿を見せなかった。

――十一月十八日。

午後零時五十分に、相馬の携帯電話が鳴った。

「たったいま、後ろから、あの車がやってきて、おれの車の前に停まった。三〇メートルほど先だ。多摩ナンバーで年式の古い白のクラウンだから、まちがいない。乗っているのは、運転席に男が一人だけだ」

と、大二郎が告げる。

「気づかれないようにしろよ」

「イヌのウンコは踏んでも、ドジは踏まない」

「駄洒落《だじやれ》を言ってる場合か」

苦笑をもらして、相馬が電話を切る。これを蟹沢に伝えた。

それから五分ほど経ったころ、くぐり戸から、小夜子が出てきた。黒のキャップに黒のパンツで、ブルーグレーのブルゾンだった。黒のデイパックを肩にかけている。キャップを目深にかぶりなおすと、桜通りの方向へ歩き出した。

「いま、小夜子が出た。そちらに向かっている」

こんどは、相馬が告げる。

「オーケー」

「電話を切るなよ」

「了解」

大二郎の声が返ってくる。

「よし」

リアシートで、蟹沢が気合いのような声を出す。

相馬は、小夜子を行かせてから、ゆっくりと車をすすめた。

小夜子は、桜通りに出ると、左に折れた。相馬の視界から後ろ姿が消える。

「来た。いそぎ足で、クラウンへ。……乗ったよ」

と、大二郎の声が張り切って、

「走り出した。矢川通りに向かってる。尾行開始。左にまがった。矢川駅の方向だ」

「了解」

捜査専用車も、桜通りへ出た。左折して、矢川駅に向かう。

ブルーのカローラと、その先の白のクラウンが、相馬の視界に入った。

「あれだな」

リアシートから、蟹沢が乗り出す。

矢川駅のわきの踏切を渡った。甲州街道へ出て、右折し、立川方向へすすむ。白のクラウンとブルーのカローラのあいだに、赤いクーペが入った。相馬の視界の中に、この三台の車がいる。車は、スムーズに流れている。多摩川にかかる日野橋《ひの》のたもとを直進して、新奥多摩街道に入った。立日橋《たつび》のたもとを走り抜けて、中央線のガードをくぐる。

白のクラウンの後ろに、ブルーのカローラがついている。クラウンが、多摩川方向へ左折した。つづいて、カローラも左にまがる。相馬も、左にハンドルを切った。カローラが、スピードを落として、クラウンと離れる。右手に、ホテルの看板が見えた。

白のクラウンが、そのホテルの門に入って消えた。

カローラと捜査専用車は、そのホテルの前を走り抜けた。多摩川ぞいの道路に突き当たって、右折すると、カローラが停まった。つづいて、相馬も車を停めた。

大二郎が降りてくる。相馬と蟹沢も、車を出た。

「やっぱり、ホテルか。車のまま入れるモーテルだね」

右折すると、カローラが停まった。

「二時間は出てこないだろう」

してやったりという顔で、大二郎が言う。

蟹沢は、腕時計に目を落とした。針は一時二十五分を指している。

相馬も、腕時計を見て、

「三十分と、かかっていないんですね」

「うん。渋滞がなかったからね。帰りも来た道を走るだろう。そして、桜通りで、小夜子を降ろして、男は住居《ヤサ》に帰るにちがいない。まだ、男の顔を見てないんだからね。白のクラウンを徹底的にマークだ」

相馬と顔を合わせて、蟹沢が言った。

「二時間で、何発やるのかな？」

大二郎が、相馬に目を向ける。

「そんなこと知るもんか」

相馬が、吹き出しそうな顔で言い返す。

「どこで待とうか？」

大二郎は、蟹沢に目を移した。

「おれたちは、出てくるのが見えるところで待つ。おまえは、引き返して、新奥多摩街道へ出たところで待機してくれ」

蟹沢が、指示をする。

「うん、わかった。だけど、時間は、たっぷりあるね」

大二郎が、多摩川のほうを眺めやる。

「釣りをするわけにはいかない」

と、蟹沢は苦笑をもらした。

車を、ターンさせる。

ブルーのカローラが、新奥多摩街道の方向へ走り去っていった。

相馬は、ホテルの門の見えるところに車を停めた。

白のクラウンが、その門を出てきたのは、午後三時二十分だった。

「出たぞ」

相馬が、電話で告げる。

「予想どおり、二時間、ご休憩だったね」

と、大二郎の声が返ってくる。

捜査専用車が、クラウンを尾行する。

新奥多摩街道へ出て、右折した。ブルーのカローラが、あいだに割りこんで、国立方向へ引き返す。日野橋のたもとを通過して、甲州街道に入った。左折して、矢川通りをすすみ、矢川駅のわきの踏切を渡る。右折して、桜通りに入ったとき、

「離れろ」

相馬が、電話で指示を出す。

「うん、わかってる。小夜子が降りるからね」

大二郎が、スピードを落とした。

相馬も、軽くブレーキを踏む。

白のクラウンが歩道に寄って停まった。ドアが開いて、小夜子が降りる。

クラウンが発進する。捜査専用車が、ブルーのカローラの先に出て尾行する。

桜通りを直進して、大学通りを横断した。T字路に突き当たって、左へまがる。すぐに右折して、府中市内に入った。

クラウンが、通りを左にそれた。二階建てのアパートの前の駐車場に入って停まる。

相馬は、その前を通りすぎてから車を停めた。蟹沢が、リアシートで首をまわす。カローラは、その駐車場の手前で停まっている。

クラウンのドアが開いた。男が降りてくる。

相馬も、首をまわして、その男を見た。

白のワイシャツにノーネクタイで、茶系のスーツを着ている。がっしりとした体格だった。面《おも》長《なが》で、目鼻立ちが整っている。年は三十七、八か。

その男は、アパートの階段を二階へ上がると、取っ付きの部屋のドアを開けて、姿を消した。

蟹沢と相馬は、車を出た。

大二郎は、車の中から二人に目をそそいでいる。

二人は、二階へ階段を上がった。

取っ付きの部屋には、〈花森《はなもり》〉と表札が出ている。

蟹沢が、その部屋のチャイムのボタンを押した。

「どなた？」

ドア越しに、男の声が訊いてくる。

「宅配便です」

と、相馬が言った。

ドアが細めに開いて、男が顔を覗かせる。

蟹沢が、ノブをつかんで引いた。ドアが大きく開いたとたんに、さっと踏みこむ。相馬も、つづいて入った。

あがりかまちに立ちはだかって、男が退がる。

「あんたたち何ですか？」

と、二人を睨んだ。

「やあ、北岡さん、しばらく」

蟹沢が、なつかしげに声をかける。

「花森です」

狼狽《ろうばい》ぎみに、男が名乗った。

「北岡さんじゃありませんか。隠岐の西ノ島の〈シーサイドホテル〉で会った北岡さんでしょう。とぼけたって、だめですよ」

蟹沢の目が、ギョロッと光った。警察手帳を突き出す。

男が、息を呑《の》んだ。顔が、こわばる。その顔から血の気が引いた。

「同行ねがいます」

蟹沢が、ぴしゃっと言う。

「逮捕状は？」

と、男が言い返した。

「任意同行が、いやなら、手錠をかけるぞ」

蟹沢の声音に凄味《すごみ》がこもる。

自供

一

蟹沢と相馬は、任意同行の形で、花森を北多摩署に連行すると、刑事部屋の調べ室に入れた。

蟹沢は、机をはさんで、花森と向かい合った。

相馬が、机のわきに控える。

「本名から聞かせてもらおうか」

と、蟹沢が口を切る。

「花森昇一《しよういち》」

「年は？」

「三十八」

「住所は、あのアパートだな？」

「ええ」

花森が、うつむいて、こたえる。

「職業は？」

「無職です」

「ずうーっと無職なのか？」

「いいえ。この七月末まで、証券会社の営業マンでした」

花森が、はじめて目をあげて蟹沢を見た。だが、また目を伏せる。

「証券会社が、つぶれたのか？」

「リストラで退職しました」

「小夜子さんと知り合ったのは、いつだ？」

「彼女が結婚する一年ほど前です」

「すると、小夜子さんが、まだブティックをやっていたころだな？」

「ええ」

「小夜子さんは、株をやっていたのか？」

「ええ」

「損をしたんだね？」

「いくらかは……」

「証券マンなら、株をやるんだろう？」

「ええ、まあ……」

「おまえも、株で損したんじゃないか？」

「…………」

花森が、口をつぐむ。逃げ場をもとめるように、黒目が横に流れた。

「おまえが、北岡健、三十七歳の偽者《にせもの》であることは、わかっている」

と、蟹沢の語気が強まる。

「北岡なんて知りません」

花森が、ちらっと目をあげた。

「変装とカメラを」

蟹沢が、相馬を見やる。

相馬が、立って出ていく。じきに黒ブチのメガネと付け髭を持ってもどってきた。カメラを持って、鑑識係員が入ってくる。

「壁際に立て」

そう命令しながら、蟹沢自身も立つ。

花森が、腰をあげて、退《さ》がり、壁際に直立する。身長は、一七〇センチくらいか。

「動くなよ」

相馬が、そう言って、花森の鼻の下に付け髭をつけた。黒ブチのメガネをかけさせる。

鑑識係員が、カメラをかまえた。

このとき、花森の顔から、また血の気が引いた。力が抜けたように肩を落として、うなだれる。

「顔をあげて、しゃんとしろ」

と、鑑識係員が声をかけた。

フラッシュの閃光が、何度もはしる。

「横を向いて」

花森が、横顔を見せる。

また、フラッシュの閃光がはしった。

撮りおわって、鑑識係員が出ていく。

相馬が、花森の顔から付け髭を取り、黒ブチのメガネをはずした。

ふたたび、蟹沢と花森が、机をはさんで向かい合う。相馬が、机のわきに控えた。

「目撃者は何人もいる。〈シーサイドホテル〉のフロントも、レンタカー会社の社員も、いま撮《と》った写真を見せたら、北岡だと証言するに決まっている。それに、おまえは、証拠を残した。神代美由紀さんの死体は、パンツがおろされて、下腹を露出させていた。膣内から、血液型AB型の精液が検出されている。おまえの血液型はAB型だな？」

蟹沢が、はったりをかけて決めつける。

「そんなわけはない」

花森が、体をふるわせて、首を横に振る。

「語るに落ちたな。おまえは、美由紀さんを強姦していない。パンツをおろして、強姦したように見せかけただけだ。だから、膣内から精液が検出されるわけがない。そのことを知っているのは、犯人だけだ。おまえが犯人ということになる。血液型は？」

「………」

花森の口から、言葉が出ないで、吐息がもれる。がくっと顔をふせた。

「血を採ろうか？」

「AB型です」

花森が顔をふせたまま、呻くような声を出す。

「これで証拠がそろった。美由紀さんは、首を絞められたとき、抵抗して、おまえを引っ掻いた。それで、右手の中指と人差し指の爪のあいだから、血液型AB型の血痕と皮膚組織が検出されたんだ。美由紀さんに付けられた引っ掻き傷は、日日《ひにち》が経《た》っているから残っていないだろうがね。もう、いくらシラを切っても、だめだ。自供してもらおうか。すっかり吐くと、楽になるよ」

蟹沢の言葉つきが、やさしくなる。

「ううーっ」

花森が、唸り声をあげて、額《ひたい》を机に打ちつけた。両手で頭髪を掻きむしる。それから、その手で頭をかかえた。

相馬が、また立って出ていく。茶を持って、もどってきた。

「顔をあげなさい」

と、蟹沢が声をかける。

花森が、顔をあげて、両手を膝に置く。目を赤くうるませていた。

相馬が、花森の前に茶碗を置く。蟹沢と自分の前にも置いて、椅子にすわった。

「茶を飲むと、落ちつくよ」

蟹沢が、そう言いながら、茶碗を取る。

相馬も、手を伸ばした。

花森も、熱い茶をすすりはじめる。茶碗を机にもどすと、肩で息を入れた。

「どうして、美由紀さんを殺したんだ?」

蟹沢が、おだやかに質問にかかる。

「小夜子に、たのまれたんだ」

顔をあげたまま、花森がこたえた。声音《こわね》も素直になっている。

「小夜子が、なぜ美由紀さんを?」

「〈神代商事〉を乗っ取ろうとしたんだ。会社は小さいが、資産は膨大だからな。神代を殺しても、娘の美由紀が跡《あと》を継《つ》ぐ。それでまず、美由紀から、ねらったんだ」

「神代さんも殺す気か?」

蟹沢の目が、ギョロッと光る。

相馬の視線も、するどくなって、花森を見つめた。

「小夜子は、そのつもりだ。神代の個人資産も入るしね」

「神代さん殺しも、たのまれたのか？」

「いや。美由紀だけだ」

「おまえも小夜子も、金に困っているんだな？」

「おれは、退職金を借金に当てた。それでもまだ残っている。小夜子も、おれと同様に株で損をした。それで、あの屋敷の金庫から、ひそかに株券を持ち出して、損金の補塡《ほてん》をしたんだ」

「小夜子は、いくら損をしたんだ？」

と、蟹沢が口を入れる。

「およそ六千万円だ」

「う－ん」

と、相馬が唸った。

「神代は大金持ちで大様《おおよう》だが、いずれ気づくだろう。小夜子は、気づかれる前に片付けると言っている。五千万円の借金を払ってもらったから結婚したんで、もともと愛情はなかったんだ」

「美由紀さんを殺して、いくらもらった？」

「百万円だ」

「少ないじゃないか」

「援助交際じゃないが、毎月、生活費くらいは、もらっていたからね」

「月に何度か、ホテルに行っていたのか？」

「だいたい週に一度だ。神代は弱いんだそうだ。小夜子は欲求不満だったんだ」

花森は、観念したのだろう、たんたんと供述する。

「北岡の運転免許証を、どうやって、手に入れた？」

「あれは偶然だった。一杯やった帰りに、新宿駅東口の電話コーナーを通りかかると、電話のわきのバッグが目に入った。それで、いただいたわけだ。バッグの中には、北岡という男の免許証が入っていた。いずれ役に立つとおもって、とっておいたんだ」

「いつのことだ？」

「八月十日だ」

「よくおぼえているな」

「盗みをやったのは、はじめてだったからな。これでも、景気のいいころは、証券マンとして大儲けしたことがある。マンションを買って、外車を乗りまわしたりしてね。盗みをやるようになるとはな」

自嘲《じちよう》からか、花森の顔が、ゆがむ。

「その免許証のこと、小夜子に話したのか？」

「ああ。うまく使えば、完全犯罪が出来ると、小夜子は言った」

「美由紀さん殺しを、たのまれたのは、いつだ？」

「先月の二十日だ」

「十月二十日だな？」

「ああ、そうだ。小夜子は、美由紀の隠岐への旅行予定を、くわしく告げて、殺してくれ、と言った。美由紀の写真も、おれに渡した。そして、やり方を検討して、北岡になることにした。付け髭やメガネを用意したんだ」

「いつ、出かけた？」

「二十二日だ」

「十月二十二日だな？」

蟹沢が、また念を押す。

「そうだ。〈出雲三号〉という寝台特急に乗った。東京発が、九時ごろだった。そして米子に着いたのが、翌朝の九時ごろで、境線に乗り換えて、境港で降りた。境港からは、〈レインボー〉という高速船に乗り、西ノ島の別府に着いたのは、昼すぎだった。別府でレンタカーを借りた。美由紀を誘い、車に乗せて、国賀海岸へ走り、摩天崖から突き落とすつもりだった。前もって、地図で調べておいたんだ。ところが、摩天崖へ行ってみると、観光客がいるし、崖《がけ》の縁《ふち》には柵があって、だめだとわかった。そこで、こんどは、焼火山《たくひさん》へ走った。駐車場に車を停めて、登山道に入ると、人目のないのが、わかった。美由紀は山登りが好きと聞いていたから、やるには、いい場所だとおもった」

花森が、自供をつづける。

「焼火山へ行ったのは、二十三日の何時だった？」

「三時ごろだ」

「うん」

蟹沢が、合点する。

二十三日の午後三時ごろ、タクシーの運転手が、焼火山の駐車場で、別府のレンタカーを見かけているのである。

「焼火山を降りてから、〈シーサイドホテル〉にチェックインしたのか？」

「そうだ」

「美由紀さんに会ったのは？」

「二十四日の晩だ。ホテルのバーで、美由紀を見つけて、おなじテーブルにすわった」

「そのとき、どういう話をしたんだ？」

「おれは、東京から来たカメラマンだ、と言った。あしたは、島めぐりをして写真を撮る、と話した。美由紀は、あしたは西ノ島を見て、あさっては島後へ行く、と言っていた。話したのは、それだけだ」

「二十五日は、どうした？」

「ホテルの一階のレストランで、朝食を食べおわったとき、美由紀が入ってきた。お早ようと声をかけて、レストランを出た。九時前だった。チェックアウトしたのが、九時半ごろだ。バス停の方向へ一〇〇メートルほど走って車を停めた。カメラを海に向けて撮るふりをしながら、美由紀がホテルから出て来るのを待った。十時ごろに、美由紀が出てきて、こっちへ歩いてきた。

――これから焼火山の展望台へ登って写真を撮る。展望台からは、中ノ島や島後が見えるそうだ。いっしょに来ないか、と誘うと、美由紀は車に乗った。焼火山へ走り、駐車場で車を降りると、展望台の方向へ登山道を登りはじめた。美由紀は、おれをカメラマンとおもいこんでいたから、ぜんぜん、あやしまなかった。山慣れがしているらしく、先に立って登っていった。立ち止まって、海を見たとき、おれは、いきなり、後ろからネクタイで首を絞めた。あっけなかった。じきに美由紀の息が止まった。死体を抱いて、急斜面を降り、ササヤブの茂みに寝かせた。そして、強盗強姦殺人に見せるために、財布から金を抜き取り、パンツをおろした」

「そのとき、何時だった？」

「昼ごろだ」

「うん」

蟹沢が、うなずく。

美由紀の死亡推定日時は、十月二十五日の昼ごろ、となっているのである。

「ところで、小夜子は、ファッション関係の仕事をしていて、モデルをやり、デザイナーになったそうだが、ほんとか？」

蟹沢が、問いかける。

「いや。あれは、きれいごとを並べて過去を飾っただけだ。銀座のクラブでホステスをしていて貯《た》めた金で、ブティックをはじめた。自分の名前をつけたブランド品だって、いんちきで、人に作ってもらっていたんだ」

と、花森は言葉を返した。

「小夜子は、自分で神代を殺す気か？」

「直接、手は出さないよ。美由紀の場合だって、おれにやらせた。北岡の免許証を利用しろと、おれに言って、完全犯罪をねらったんだ。神代殺しも完全犯罪をねらっている」

「だれに、やらせるつもりだ？」

「信用してるのは、おれと身内だけだ」

「身内というと、弟の須之崎和幸か？」

「そうだ」

「須之崎は、原宿でコーヒー店をやっていたのか？」

「ああ。コーヒー好きが高じて、道楽ではじめたんだそうだ」

「一年ほど前に、立川の羽衣町三丁目のアパートに引っ越しているな？」

「うん。小夜子の話によると、あのアパートで、アリバイ工作をするんだそうだ。条件は整った。あとは、チャンスを待つだけ、と言っていた」

「どんなアリバイ工作だ？」

「そこまでは聞いていない」

「須之崎の女、知ってるか？」

「いや」

花森は、首を横に振ると、大きく溜め息をついて、

「小夜子の尾行から、おれを突き止めたんだろう？」

「ああ、そうだ」

「自分で墓穴を掘ったんだな。尾行に気づかず、おれをホテルに誘ったんだから」

「完全犯罪はない」

蟹沢が、きっぱりと言った。

二

蟹沢は、花森昇一の供述から、神代小夜子を神代美由紀殺人事件の共犯として、東京簡易裁判所に逮捕状の請求をした。逮捕状が出たのは、この日、十一月十八日の午後八時三十分であった。

即刻、蟹沢は、森の運転する捜査専用車で、神代の屋敷へ走った。

門の前に車を停めて降りる。

太い木の門柱に灯《あかり》が点《とも》っていた。

蟹沢が、インターホンのボタンを押す。

「どなたさまですか?」

と、お手伝いの徳子の声が訊いてくる。

「北多摩署の蟹沢です。美由紀さんの事件が解決したので伺いました」

「しばらく、お待ちを」

徳子の声が、とぎれる。

観音《かんのん》開きの扉が開いた。玄関の格子戸も開く。

「どうぞ」

と、徳子が請じた。

通されたのは、応接室だった。

蟹沢と森は、立ったままでいた。

すぐに、神代と小夜子が姿を見せた。

神代は、グリーンのガウンを着ている。

小夜子は、長い髪を後ろで束《たば》ねて、ベージュのセーターに黒のロングスカートだった。

「犯人が、つかまったんですか？」

乗り出すような恰好で、神代が問いかける。

「花森昇一という男を逮捕したところ、犯行を自供しました」

と、蟹沢は告げた。

瞬間、小夜子が、はっとした気配で、小さく息を呑《の》む。

「花森？　どういう男ですか？」

神代が、つづけて問う。

「奥さんが、ご存じです」

「なにっ、家内が……」

神代が、怪訝げな目を小夜子に向けた。

小夜子は、もう、とりすました顔になっている。

「殺人の共犯で、奥さんを逮捕します」

蟹沢は、上着の内ポケットから、逮捕状を取り出して、ひろげて見せた。

「何かの、まちがいです」

小夜子が、冷たく言った。

「逮捕します。同行ねがいます」

蟹沢の声音も、冷たくなる。

「おまえは……」

神代が、呆然《ぼうぜん》とした顔で、声をとぎらせる。

「何かの、まちがいです」

小夜子は、表情を変えずに、おなじ言葉をくり返した。

「逆《さか》らうと、手錠をかけますよ」

蟹沢が、ぴしゃっと言った。

小夜子にそそがれた森の目も、するどくなる。

「着替えてきます」

小夜子が、くるっと背中を向ける。

「三分だけ待ちます。三分ですよ」

蟹沢は、きびしい声を小夜子の背中へ投げかけた。

しかし、小夜子の、こうした行動は、あらかじめ読んでいるのである。

「家内の言うように、何かの、まちがいでは？」

神代が、信じられないといった声を出す。

「逮捕状が出たのですから、まちがいではありません。くわしいことは、後ほど報告申しあげます」

同情の気配を見せて、蟹沢が言った。

神代は、崩れるようにソファーにすわりこんだ。

小夜子が、ふたたび姿を見せた。

キャメル色のパンツスーツに着替えている。茶革《がわ》のハンドバッグを持っていた。ちらっと神代を見やる。その眼差《まなざ》しが冷たかった。

神代は、すわりこんで、顔を伏せている。

蟹沢と森、小夜子の三人は、この応接室を出た。小夜子が、玄関で、茶革のローヒールを履《は》く。

門を出て、捜査専用車に乗りこんだ。

蟹沢と小夜子が、リアシートにすわる。

森は、小夜子の化粧の匂いを嗅ぎながら、アクセルを踏んだ。

ちょうど、そのころ、蟹沢の指示で、相馬と鴨田は、羽衣町三丁目の、須之崎和幸のアパートを張り込んでいた。〈コーポ城山〉の一〇四号室である。

真向かいの〈八百安〉の店は閉まっている。

一〇四号室のドアが開いて、須之崎が出てきた。白っぽいジャンパーで、大きな黒いバッグを持っている。

通りへ出ると、甲州街道の方向へ歩き出した。

相馬と鴨田が、尾行をはじめる。

須之崎は、南武線の踏切を渡った。国立市内に入る。甲州街道の手前で左に折れて、路地に入った。二人は、路地の入口で足を止めて、須之崎の後ろ姿に目をそそいだ。右手に白い外壁の二階建てのアパートがあった。廊下の明かりで、並んだドアが見える。須之崎は、一階の、いちばん手前のドアを開けて、姿を消した。ドアが閉まって、ドアのわきのガラス窓に灯が点る。

二人は、路地に入って、そのドアの前に立った。

ドアには、〈一〇五〉と記されているだけで、表札は出ていない。

鴨田が、このアパートと隣のブロック塀《べい》のあいだを通って、裏へまわる。

二分ほど経ってから、相馬は、チャイムのボタンを押した。何度押しても、応答がない。ドアのわきのガラス窓を叩いた。それでも、応答がない。

「警察だ、開けろ」

ドアの隙間に顔を寄せて、声をかける。

「ウマさァーん、捕《と》ったぁ」

裏のほうから、鴨田の叫び声が聞こえてきた。

相馬も、隣とのあいだを走って裏へまわった。

裏は、生け垣に囲まれた芝生の庭だった。各部屋の小さなテラスが張り出している。

鴨田が、女の背後で、女の右手をねじりあげている。足元の芝生の上に大きな黒いバッグが落ちていた。

「裏から逃げようとしたんだ。窓を開けて出てきた」

と、鴨田が告げる。

女は、顔を伏せていた。長い髪で、その顔が隠れている。カーキ色のブルゾンを着て、紺《こん》のロングスカートを穿《は》いている。

相馬は、あおむかせようとして、女の髪をつかんだ。すると、その長い髪が取れて、相馬の手に残った。鬘《かつら》だった。顔が、あらわになる。

「やっぱり」

と、鴨田が声をあげる。

須之崎和幸であった。

「重要参考人として連行する」

と、相馬が告げた。

三

翌日の午前九時から、須之崎和幸の取り調べがはじまった。

蟹沢が、机をはさんで、須之崎と向かい合い、相馬が、机のわきに控えた。

この署に、特捜本部のある事件だから、佐藤と久我、第六係の黒田が立ち会う。三人は、机を囲むようにして椅子にかけた。

机の上には、ラジカセや録音テープが載っている。

須之崎は、白いシャツにカーキ色のブルゾンを重ねて、ブルージーンズを穿いていた。うっすらと髭を生やして、目のまわりを黒ずませている。

「おまえは、もう重要参考人ではない。被害者、高瀬ルミ子の強盗強姦殺人事件の容疑で逮捕状が出た。〈コーポ城山〉の一〇四号室と、おまえが、女装用に使っていた国立市内のアパート〈サンハイム〉一〇五号室の家宅捜索をした。一〇四号室からは、このラジカセ、一〇五号室からは、この録音テープが発見された。これで、おまえのアリバイは崩れた」

と、蟹沢が口を切る。

「〈ルミ〉のママが殺されたのは、十月二十四日の午前一時前後だ。おまえは、二十三日の午後六時ごろ、彼女が来て、翌二十四日の午前十時ごろ、彼女が帰るまで、いっしょにいて外出しなかった、と言った。しかし、彼女は存在しない。おまえ自身だ。女装して出入りをし、あたかも彼女が来て帰ったように見せかけたんだ。そして、その女装姿を、〈八百安〉のジイサンに目撃させた。この録音テープは、男女の情交の声だ。このラジカセは、タイマーの設定が簡単に出来る。犯行時の二十四日の午前一時ごろ、隣の予備校生、脇田篤に、テープの情交の声を聞かせた。〈コーポ城山〉の裏は駐車場になっていて裏通りに通じている。裏の窓から出入りが出来る。おまえは、女装と録音テープでアリバイ工作をして、ひそかに一〇四号室を抜け出し、〈ルミ〉へ行って、ママを殺し、強盗強姦殺人事件に見せかけた。美由紀さんを殺した花森の供述によると、おまえは、小夜子と組んでアリバイ工作をして、神代さんを殺す計画だった。八月のはじめから、この録音テープを隣の脇田に聞かせて、予行練習をやっていた。女装姿を何度も、〈八百安〉のジイサンに目撃させた。ねらいは神代さんだったが、ママ殺しにも、このアリバイ工作を利用した。ところが、目撃者がいたんだ。二十四日の午前一時前に、おまえが、地下一階へ階段を降りていくのを、〈ルミ〉の客が見ていたんだ」

「そんな……」

須之崎が、小さく声をもらす。蟹沢から目をそらせた。

「その目撃者は、二十三日の晩の最後の客だ。引き返してきて、おまえを見た。そのとき、おまえは、黒い野球帽をかぶって、黒のジャンパーを着ていた。家宅捜索で、黒い野球帽と黒いジャンパーが見つかっている。おまえの血液型はB型だな？」

「…………」

須之崎が、だまって、顔を伏せる。

「血を採って調べるぞ」

「B型です」

顔をあげて、また小さい声を出す。

「精液だけではない。もう一つ証拠を残している。正確にいうと、一つではなく二本だ。ママの内股の下のソファーから、男の陰毛が二本発見されているんだ。この陰毛も、血液型はB型だ。たとえ、一本の陰毛でも、個人の識別が出来る。おまえの陰毛を採って、二本の陰毛と照合鑑定したら、同一人物とわかる。いま、ここで、おまえの陰毛をもらおうか?」

「…………」

須之崎が、膝に両手を置いて、背中を丸めた。力が抜けたように、がくっと顔を伏せる。

「おい、どうする?……パンツを脱ぐか?」

と、蟹沢の語気が強まる。

「いえ……」

顔を伏せたまま、首を横に振る。

「花森の供述から、おまえと小夜子が、アリバイ工作をして、神代さんを殺そうとしたことは、判明している。動機も、わかっている。〈ルミ〉のママは、なぜ殺した?」

「金を借りていたんです」

須之崎は、顔をあげて、はじめて、まともに蟹沢を見た。

「ママから、金を借りていたのか?」

と、蟹沢が念を押す。

「ええ」

「いくらだ？」

「三百万円」

「よく貸してくれたな？」

「神代の紹介で、あの店へ行くようになったんです。神代の義理の弟と知っていたから、信用したんでしょう」

須之崎の言葉つきが、しだいに、しっかりとしてくる。

「借用証文は？」

「書いて渡しました」

「利息と期限は？」

「月三分で三ヵ月という約束でした」

「どうして、三百万円が必要だったんだ？」

「コーヒー店をやめてから、姉から、毎月生活費をもらっていたんです。アパートを借りるときも出してもらった。だけど、競輪やパチンコやって、あちこちのサラ金から二百五十万円借りてしまった。利息が高かったから、ママから三百万円借りて清算したんです。残りの五十万円で、こんどこそは競輪で当てるつもりでした。ところが、また、すってしまって……」

「どうして、小夜子から借りなかったんだ？」

「ギャンブルはやめろと、きびしく言われていたから、姉には言い出せなかったんです。利息を払うから待ってくれと、ママに言いました。ママと何度か、あれしていたし、わたしにベタベタしてたから、あまく見てたんです。ところがママは、金銭面では、しっかりしてました。約束は約束だから、三百万円耳をそろえて返しなさい、そうしたら、また貸してあげる、と言うんです。返せないのなら、神代さんからもらう、と言い出した。神代に知れたら、姉に迷惑がかかるし、信用もなくなってしまう。まずいことになる、とおもいました」

「神代さんを殺す計画も、だめになる、そうおもったんだろ？」

「はい」

「それで、どうした？」

〈落としの蟹沢〉と言われている男だ。取り調べには、定評がある。

佐藤や久我、黒田は、無言で、須之崎に目をそそいでいる。

相馬も、だまって、須之崎を見つめた。

「紙を切って、百万円の札束を三つ作りました。上の一枚と下の一枚だけが、本物の一万円札です。そして、二十三日の昼ごろ、ママのマンションへ電話して、今晩、店がおわって、みんな帰ったころ、三百万円持っていくから、借用証文を持ってきてくれ、と言いました。ママは、ご機嫌でした。神代さんに用立ててもらったの、と訊くから、そうだ、と言いました。それじゃ、午前一時ごろにね、と言ったので、その時刻に店に行ったんです。ママは、ひとりで待っていて、奥のボックス席で向かい合いました。わたしは、札束を三つ、テーブルに置きました。ママが証文を出したとき、いきなり、おそいかかって、両手で首を絞めたんです。ママは、バタバタしたけど、じきに、ぐったりしました。強姦に見せかけるために一発やりました。おわったとき、ママが、うーんと唸《うな》り声をあげました。死んでなかったんです。あわてて、パンストで首を絞めなおすと、息を吹き返さないように縛りました。強盗に見せかけるために、手提げ金庫とママの財布から金を取りました」

「いくらあった？」

「金庫には、釣り銭が一万円くらい、財布には、三十二万円も入っていました。わたしの名前が書いてあると、まずいので、手帳やアドレス帳も取り、ついでに売上げ伝票も取りました。ママが死んでいるのをたしかめてから、あの店を出て、アパートへもどったんです。駐車場を通って裏から入りました」

「アリバイ工作をして出かけたんだな？」

「ええ。〈八百安〉でバナナを買ったし、女装姿をジイサンに見せました。帰ってから、ラジカセのテープを見ると、作動したことも、わかって、完全犯罪だとおもいました」

「帰ったとき、何時だった？」

「二時半ごろでした」

「二十四日の午前二時半だな？」

「はい」

「小夜子は、おまえが、ママを殺したことを知っているのか？」

「いえ」

「きのうの晩、小夜子から電話があったんだろ？」

「ええ。花森が、とっつかまって、自分も、いま逮捕されるところだ、と知らせてきたんです。

……刑事さんたち二人で、わたしのアパートへ来ましたよね」

須之崎は、相馬を見やり、蟹沢に目をもどして、

「あのとき、疑われているのが、わかったから、まずいとおもいました。で、荷物をまとめて、あのアパートから逃げ出したんです。女装用のアパートなら、大丈夫とおもったんだけど……」

「女装が好きか？」

「いえ」

「小夜子に言われて、女装したのか？」

「ええ」

「〈サンハイム〉の一〇五号室は、いつ借りたんだ？」

「七月のはじめです」

「小夜子が借りたのか？」

「はい」

「おまえは、神代さんを殺す気でいたのか？」

「オフクロは、わたしが小学生のころ、オヤジは中学のころ亡くなりました。姉は、キャバレーでホステスをして、わたしを高校へ行かせてくれました。わたしを育ててくれたようなもので

す。コーヒー店を出すときも、金を出してくれました。姉の言うことには逆らえないんです」

須之崎は、そう供述すると、気が抜けたのか、惚《ほう》けたような表情を見せた。


神代小夜子を調べ室に入れた。

蟹沢が、向かい合い、相馬が、わきに控えた。

特捜本部事件ではないのに、佐藤や久我、黒田が立ち会う。

蟹沢の、ななめ後ろに、婦警が一人、椅子にすわった。

小夜子は、キャメル色のパンツスーツだった。長い髪を肩に垂《た》らしている。化粧っ気のない顔に憔悴《しょうすい》の色はなかった。しゃんと背すじを伸ばして、椅子にかける。膝を、きちんとそろえた。

「花森と、弟の須之崎和幸は、すべてを自供した」

と、蟹沢は告げて、

「おまえが、花森に、美由紀さんを殺させたんだな?」

「いいえ」

小夜子は、きりっとした顔で、蟹沢を見返した。

「おまえは、美由紀さんの隠岐への旅行予定を、花森に、くわしく告げて、殺してくれと、たのんだ。そして、美由紀さんの写真を渡した」

「花森は、証券会社のセールスをしていた男ですよ。この銘柄なら、ぜったい儲かる、この銘柄なら損をすることはない、倍になる、そんな口車に乗せられて、わたしは大損したんです。口が達者で、あること、ないこと、でたらめ言うんです。花森の言うことなんか、ウソに決まってます」

動ずる気配を見せずに、小夜子が言い返す。

「おまえは、〈神代商事〉を乗っ取ろうとした。神代さんの命もねらったが、まず跡継ぎの美由紀さんから殺した……」

「まあ、花森が、そんな根も葉もないことを言ったんですか？」

蟹沢の言葉のおわらないうちに、小夜子のほうから訊いてくる。

「いや。根も葉もあるんだ。おまえは、神代さんの屋敷の金庫から、六千万円もの株券を持ち出している。神代さんに問いあわせて、たしかめたところ、約六千万円の株券がなくなっているそうだ」

「わたしと神代は夫婦ですよ。ふたり共有の財産です。夫婦のあいだで窃盗罪が成立するんですか？」

小夜子は、毅然《きぜん》たる態度だ。言葉つきも落ちついている。

「窃盗ではなく、取り調べているのは、殺人事件だ。おまえは、神代さんを殺そうと計画し、アリバイ工作のために、弟の和幸に女装させた。完全犯罪をねらって、予行練習までやらせた。和幸は、そのアリバイ工作を利用して、バー〈ルミ〉のママ、高瀬ルミ子さんを殺した。このママから三百万円を借りていて、返済をせまられたから殺したんだ。和幸は自供している」

「そんなこと信じるものですか。和幸が、たった三百万円の金で、人殺しをするわけはありません。刑事のくせに、でたらめを言うんですか。花森と、おなじじゃありませんか。わたしは、もう口をききたくありません」

「和幸は、おまえの電話で、あのアパートから逃げ出した。〈ルミ〉のママを殺していたからだ。そして、女装用のアパートへ逃げこんだところで逮捕された。逃げこんだアパートも、おまえに借りてもらった、と供述している。和幸は、殺人の容疑で逮捕され、すでに犯行を認めている。花森も、美由紀さん殺しを詳細に供述している。おまえから百万円もらったことも自供した。おまえは、あきらかに殺人事件の共犯だ。たとえ、否認しつづけても、花森と和幸の供述から、おまえの共犯を立証することが出来る。しかし、認めたほうが、刑が軽くなる。おまえ自身のためだ。どうするね？」

「…………」

小夜子は、口をつぐんだ。

「先月の二十日に、美由紀さん殺しを、おまえにたのまれたと、花森は、日日《ひにち》まで自供している。おまえの共犯は、ゆるがない。自供したほうが、裁判官の心証が、よくなるが、どうだ？」

「…………」

小夜子は、口を開かない。蟹沢を無視するように、視線を蟹沢の頭上に向けると、椅子に寄りかかって、足を組んだ。

「強情《ごうじょう》張っても得にはならないよ」

「…………」

小夜子の表情は動かない。毅然というより豪然たる態度に見える。

「ウンとか、スンとか、言ったら、どうだ？」

たまりかねたか、久我が、どなりつけた。

「スン」

小夜子が、鼻を鳴らすような声を出す。嘲笑《ちょうしょう》をうかべて、久我を見た。

蟹沢は、浦郷署の船田係長に、花森昇一と神代小夜子を逮捕した経緯を電話で報告した。

神代美由紀殺人事件は、島根県警、浦郷署の管内で発生しているのである。特捜本部は、浦郷署に設置されているのだ。

「ご面倒をおかけしました。ご苦労さんでした」

と、船田は礼を言って、

「二人の身柄を引き取りに伺います」

「お待ちしてます」

蟹沢は、電話を切った。

梶谷にも、電話した。

「神代さんの女房が共犯とは、意外だったねえ。愛娘《まなむすめ》は殺されるし、女房が共犯では、それこそ、摩天崖から突き落とされたような心境だろう。神代さんは気の毒だねえ。……さっそく、節子に伝えるよ。ご苦労さん、ありがとう」

と、梶谷は言葉を返した。

相馬は、大二郎に電話した。

「よかったねえ、ウマさん。そのうち、馬に食わせるほど警視総監賞がもらえるよ」

「おまえのおかげだ」

「いつでも手伝うから」

「だけど、刑事《デカ》が泥棒《ノビ》の手を借りたんじゃねえ」

「おれたち親友だろ。いいんじゃないの」

あかるく、大二郎が言った。

佐藤と久我、強行犯係の蟹沢や相馬らと、黒田ら第六係の刑事は、二階の会議室で打ち上げをおこなった。中藤も出席した。

梶谷の隠岐みやげの、白イカスルメなどの干物《ひもの》を、鴨田ら若い刑事が、宿直室で焼いて、会議室へ運んだ。塩辛《しおから》の瓶《びん》も開けた。

「カニさんとウマくんは、とくに、よくやった。これで、島根県警に対して警視庁の面目が立った。みんなも、ご苦労さん」

中藤が、ねぎらいの言葉をかけてから、

「それでは、……かんぱぁーい」

と、音頭をとる。

茶碗酒で乾杯した。

二次会は、行きつけのヤキトリ屋で、生ビールや焼酎のお湯割りを酌《く》み交《か》わし、三次会は、北多摩署のめんめんだけで、スナックに繰《く》り込んだ。

「それにしても、美人は、こわいねえ。ウンコもションベンもしないような、きれいな品のいい顔をしていて、人殺しをさせるんだから。うちのカミサンは、十人並で、よかった」

まっ赤な顔で、佐藤が言った。

「カミサンは、十人並で、健康で、頭も、ほどほどで、料理上手がいいねえ」

蟹沢が、つづけて、

「ウマさんも、そういう女をカミサンにしろよ」

「はい、そうします」

相馬が、素直に言って、水割りのグラスを干す。手酌《てじゃく》で、ガボガボとウイスキーを注いだ。

「係長は、奥さんのこと、なんと呼んでるんですか？」

と、鴨田が問いかける。

「おい、だ」

蟹沢が、こたえた。

「へーえ、おい、ですか。そんな呼び方って、年式が古いんじゃないですか」

「年式の新しいのは、ウンチング・スタイルだったね」

佐藤が口を入れた。

「ウンチングというのは、英語かね？」

とぼけた顔で、蟹沢が訊く。

「ウンチは日本語で、ングは、アイ・エヌ・ジーで英語じゃないですか」

と、鴨田が言った。

「そういえば、久我ちゃんは、カミサンを、さんづけで呼んでるな」

と、佐藤が言い出した。

「タマ子さんですね」

蟹沢が、佐藤を見やる。

「そうそう。うちよりは美人だ」

「それじゃ、代理は、奥さんに惚れているんですね」

また、鴨田が口を出す。

久我は、隣のテーブルで、小松や森たちと飲んでいた。マイクを持って、立ちあがると、〈霧《きり》子《こ》のタンゴ〉を歌い出した。

いつも、〈霧子〉が〈タマ子〉になるのである。

「……かわァいィー、タマ子よォー、……泣いてわァせぬかァー……」

と、久我が声を張りあげる。

「笑ってるよ」

と、佐藤が声をかけた。

解説――人間的魅力に溢れる二刑事

文芸評論家　細谷《ほそや》正充《まさみつ》

本書『摩天崖』は、平成十年六月にノン・ノベルから出版された、太田蘭三のデビュー二十周年特別書き下ろし長篇である。二十年といえば、生まれた赤ん坊が成人式を迎えるほどの永い歳月。その歳月を、人気ミステリー作家として駆け続けてきたことは、賞賛すべきことである。もちろん作者もデビュー二十周年には、大きな感慨があっただろうし、その思いは「警視庁北多摩署特別出動」というサブタイトルに込められている。〝特別出動〟とはどういう意味か。それを説明するために、まずは作者の経歴に簡単に触れておきたい。

太田蘭三は昭和四年、三重県に生まれた。中央大学法学部卒。昭和三十年代には太田瓢一郎《ひょういちろう》名義で、時代小説を二十数冊発表したが、体調不良などの理由により文壇から遠ざかる。その後、十余年を経て、釣り雑誌にエッセイや時代小説を掲載したのを機に、執筆を再開した。昭和五十三年、太田蘭三のペンネームを初めて使い、ノン・ノベルから『殺意の三面《みおもて》峡谷』を出版。ミステリー作家として、新たなデビューを果たした。以後『殺意の三面峡谷』に登場したレジャー・ライター釣部《つるべ》渓三郎《けいざぶろう》や、北多摩警察署の蟹沢石太郎《かにさわいしたろう》と相馬美之《そうまよしゆき》のコンビ、特捜刑事・香月《かづき》功《いさお》が活躍する「顔のない刑事」などのシリーズを矢継ぎ早に上梓《じょうし》。たちまち人気ミステリー作家の仲間入りをしたのである。そして、ノン・ノベルでは前記の三つのシリーズを並行して書いていたが、やがて「顔のない刑事」シリーズに専念するようになったのだ。

いまさら確認するまでもないが「顔のない刑事」は、面白いシリーズである（というか、太田作品はどれも面白い）。だから、こんなことをいうと罰が当たるかもしれない。でもファンというのは贅沢《ぜいたく》なもので、「顔のない刑事」が面白ければ面白いほど、もう、ノン・ノベルでは他のシリーズは読めないのかと、いささかションボリしていたりした。そこに出版されたのが、蟹沢・相馬コンビの活躍する本書なのだ。「警視庁北多摩署特別出動」は、蟹沢・相馬が隠岐《おき》諸島西《にし》ノ島《しま》に出張するところから付けられたのだろうが、そこにはデビュー二十周年を記念して、久しぶりにノン・ノベルに蟹沢・相馬を〝特別出動〟させようという、作者の意思が感じ取れるのである。なんとも粋《いき》なはからいと、嬉しくなったのは、私だけではないはずだ。

警視庁北多摩警察署にかかってきた一本の電話。事件は、ここから始まった。立川《たちかわ》市のバー〈ルミ〉で、ママの高瀬《たかせ》ルミ子の絞殺死体が見つかったのだ。ルミ子は強姦《ごうかん》され、店内は物色されていた。蟹沢と相馬のコンビは、さっそく聞き込み捜査を開始。ルミ子の関係者を訪ね歩く。そんな蟹沢の元に、新たな情報が飛び込んできた。神代美由紀《じんだいみゆき》という女性が、島根県隠岐諸島の西ノ島で失踪《しっそう》したというのだ。美由紀は、ルミ子と旧知の資産家・神代秀彦《ひでひこ》の娘である。ふたつの事件は関係していると確信した蟹沢は、相馬と共に、西ノ島へと向かう。そして島にある焼火《たくひ》山《さん》の登山道近くで、無惨に殺された美由紀を発見した。複雑な様相を呈する事件に翻弄《ほんろう》される北多摩署の面々。ふたつの事件に、いかなる繋《つな》がりがあるのか。蟹沢・相馬の粘り強い捜査が、真相を覆《おお》うベールを剝《は》がしていく。

もともと蟹沢・相馬コンビのシリーズは、海外の警察小説を意識して、書き始められたものである。したがって本書も、全体の展開はオーソドックスな警察小説となっている。といって、そこはベテラン太田蘭三のこと。あちこちに独自の工夫や技巧が凝《こ》らしてあり、最後まで楽しく読めるようになっているのだ。なかでもシリーズ物の特性を活かした、ある準レギュラーの使い方が見事。ミステリーと小説のダイナミズムが、キッチリと味わえるのである。

そして、このシリーズで忘れてならないのは、主人公ふたりの魅力だ。蟹沢と相馬。いくつもの難事件を解決した名刑事であり、それだけでミステリーの主人公としては、合格だといえるだろう。だが、私が魅了されるのは、調査力・推理力だけではない。たまらなく好きなのは、彼らの人間性なのである。

一例として挙げてみよう。本書で医学部志望の浪人生のところに聞き込みに行った蟹沢・相馬は、帰り際に「ありがとう。勉強の邪魔をしたね」「がんばってね」と声をかけ、笑顔を見せるのだ。刑事の仕事だから、他人の生活にズカズカと入り込み、相手の時間を奪う。しかたのないことだ。しかし蟹沢も相馬も、それを当然の権利だとは思わない。彼らは相手が誰であろうとも、その気持ちや立場を尊重するのである。だからこそ先のような、優しいセリフが出てくるのだ。

こうした蟹沢・相馬の優しさがもっともよく表現されているのが、事件の容疑者として別件逮捕された前科者の羽場守《はばまもる》とのやりとりである。頑《かたく》なに口を噤《つぐ》む羽場の無実を証明した蟹沢たちは、逮捕の詫《わ》びだといって、彼を焼き鳥屋に誘う。その自然体の優しさが、羽場の口を開かせ、重要な証言を引き出すのだ。

ああ、そうか。蟹沢・相馬のコンビは、童話「北風と太陽」の〝太陽〟なのだ。別件逮捕という北風を吹きつけて心の鎧《よろい》を剝がそうとした捜査陣。しかしそれは、羽場の心を頑なにするだけだった。それに対して蟹沢・相馬は、羽場を一個の人間として扱い、自分たちの過《あやま》ちを素直に謝罪した。その暖かな太陽のような心が、羽場の心の鎧をあっさりと脱がせたのだ。読んでいるこちらまで、暖かな気持ちにしてくれる蟹沢と相馬の人間性。これこそが、ふたりの最大の魅力なのである。

ミステリーとしての面白さ。人間的魅力に溢れた、蟹沢・相馬コンビと再会できた喜び。また、詳しく触れられなかったが、風光明媚《ふうこうめいび》な西ノ島の観光（タイトルにとられた〝摩天崖〟も、西ノ島の名所のひとつである）もできる。本書はノン・ノベルでデビューしたミステリー作家・太田蘭三の、二十周年を飾るに相応《ふさわ》しい力の籠《こ》もった作品だ。どうかじっくりと、堪能《たんのう》していただきたい。

（この作品『摩天崖』は、平成十年六月、小社
ノン・ノベルから新書判で刊行されたものです）

祥伝社文庫

上質のエンターテインメントを！　珠玉のエスプリを！

祥伝社文庫は創刊15周年を迎える2000年を機に、ここに新たな宣言をいたします。いつの世にも変わらない価値観、つまり「豊かな心」「深い知恵」「大きな楽しみ」に満ちた作品を厳選し、次代を拓く書下ろし作品を大胆に起用し、読者の皆様の心に響く文庫を目指します。どうぞご意見、ご希望を編集部までお寄せくださるよう、お願いいたします。

2000年1月1日　　　　　祥伝社文庫編集部

摩《ま》天《てん》崖《がい》　警《けい》視《し》庁《ちよう》北《きた》多《た》摩《ま》署《しよ》特《とく》別《べつ》出《しゆつ》動《どう》　長編推理小説

平成15年2月20日　初版第1刷発行

著者　太《おお》田《た》蘭《らん》三《ぞう》

発行者　渡辺起知夫

発行所　祥《しよう》伝《でん》社《しや》

東京都千代田区神田神保町3-6-5

九段尚学ビル　〒101-8701

☎03(3265)2081(販売部)

☎03(3265)2080(編集部)

☎03(3265)3622(業務部)

印刷所　堀内印刷

製本所　関川製本

ISBN4-396-33091-X C0193

祥伝社のホームページ・http://www.shodensha.co.jp/